移民の記憶

叢書 الأطلس 《エル・アトラス》

Mémoires d'immigrés: L'héritage maghrébin
Yamina Benguigui

移民の記憶
マグレブの遺産

ヤミナ・ベンギギ

石川清子訳

水声社

本書は
叢書《エル・アトラス》の一冊として
刊行された

目次

訳者あとがき

まえがき

一九八九年九月、クレイユの中学校で三人の女子学生がかぶっていたイスラーム式スカーフがまたたく間に不安の種子をフランス全土に蒔いた〔パリ近郊オワーズ県の町クレイユの公立中学校で、イスラーム式スカーフ着用の三人の女子生徒を退学にしたことから、政教分離を原則とする共和国フランス全土を以降恒常的に巻き込んでいく事件〕。このムスリムたちはどこから来たのか。この娘たちはフランスの教育を行う学校という施設のなかに、どうやって紛れ込めたのだろう。世論は突然、三十年以上知らないまま隣り合わせに暮らしていた、この他者の文化に気づくことになった。

私は思い出す。私の家を、他のどの家とも同じように似ているその玄関を。でもすっかり同じというわけでもない。よその庭先には薔薇やゼラニウムなど庭木が植わっていた。一方、我が家の玄関前は雑草が生い茂っても放っておき、それを引き抜いてきれいにしようとは家族の誰も考えもしなかった。

私は思い出す。隣家の主人が私の父を見かけるなり、やさしい声でこう訊ねたのを――「やあアフメド、今年は郷《くに》に帰るのかい」。父は自分の名が辺りに聞こえるのに驚いて、気詰まりな笑みを浮かべて答える――「そう、今年だね。あと何カ月かしたら」

私は母を思い出す。服や食器やシーツやタオルなどが入った段ボール箱が山積みになった居間を行ったり来たりして、「来年は出て行くんだから！　郷に帰るのよ」と独り言を言っていた母を。

両親の故郷について、私はバカンスの帰省のことしか思い出せない。山のうえにぽつんとある集落。白い家々。灼けつく太陽。村の泉。

一九七六年のある晩、いつものように家族全員が食卓に集まっていた。父がニュースを見るためテレビをつけた。ほとんど宗教味をおびた厳粛な静けさのなか、当時のアナウンサーは単調な声でこう告げた――「議会は移民帰国奨励法案を可決しました。マグレブ諸国の政府と協定がすでに調印されています。出身国での社会復帰を円滑に行うための育成補助として、一家につき一万フラン〔一九七六年前後の一フランは当時の日本円で約五十円。従って一万フランは約五十万円ほど〕が支給されます。この帰国奨励は希望者を対象に実施される予定です」

母が立ちあがり、壁に山積みになっている段ボール箱のほうへ歩み寄った。そしてこちらを向いた。私と目が合った。その大きな暗い瞳からは不安が滲みでていた。「でも母さん、対象は希望者だけって言ってたじゃない」――私はこう説明した。

それから時が経つ。父は奨励金を申し込まなかった。それなのに母は相変わらず段ボール箱を積みあげ続ける。私の兄弟姉妹は支度が整った出発直前のトランクを傍らに、この土地で成長していった。私もそうだった。

それからまた時が経つ。一時的な状態がだんだん普通になってくる。「たぶん来年は……」――母のこの口癖もだんだん減り、確信も薄らいでいくようだった。

二十年が経った。私の両親は相変わらずここにいた。

クレイユのイスラーム式スカーフはどこから来たのか。フランスの学校にどうやって入り込んだのか。私にも関わるこの問題に何を答えられよう。このイスラーム教徒の娘たちは私の妹たちだ。世間を驚かすこの子どもたち、社会を困惑させるこの家族は私の両親だ。疑惑と激しさを生み出しながら四方から聞こえてくる風評を相手に、私は何が言えるだろう。今度は私がこう訊ねる番だ。あなたたちはうちの父さんに何をしてくれた？　母さんをどうしてくれた？　うちの両親がこれほど寡黙であり続けるために、あなたたちは彼らに何をした？　私たちが生まれたこの地に父も母も身を落ち着けたくないようにするため、彼らにどんなことを言ったのか？　今日、私たちは何者なのか？　移民？　ちがう！　移民の子ども？　外国出身のフランス人？　イスラーム教徒？

『イスラームの女たち』〔一九九四年制作のベンギギのドキュメンタリー映画〕でしたように、私はマグレブの移民たちの記憶を求めて歩きまわった。この聴き取り作業を開始して分かったことは、彼らの記憶はフランス経済の歩みと密接に関わっているということだった。まず最初に、当時の経済成長、移民受け入れとその統合に関与した政治家たちに会った。次に五〇年代に単身で渡仏してきた父たちを訪ねた。彼らはフランス企業の早急な要請に応じて、これまでのイタリア人、ポルトガル人労働者の代用として雇いやすく、かつ国に帰すのが容易な、技術はないが安い賃金で働く労働者として大量に雇用された。第二次大戦直後の荒廃した国土を復興したのは、この父たちである。父たちのこの移動の歴史は暗黙の了解で封印されていたのだ。つまり出国プログラムには、帰国が当然含まれているとして。

アルジェリア戦争〔一九五四年―六二年。アルジェリアが仏支配に対して行った戦争。一世紀以上に及ぶ支配から独立を果たした〕でさえ、この労働力の移動に影響を及ぼすことはなかった。フランス企業は雇用を募り続けた。父たちはフランスにとどまり、だが決して最終的に定住することはなかった。一九七四年、フランス政府は母たち――つまり父たちの妻――を呼び寄せる家族合流政策を押し進めた。夫のもとに呼び寄せられた妻たちは、フランスの周縁からさらに外れた場所に隔離され、囚われの身となりながらも二つの役割を担うことを強いられる。帰国を根っからの前提にして自分たちの伝統と宗教を維持すること。同時に、子どもを介して外の世界に目を向けること。しかし、その子どもたちが彼らの帰国を決定的にはばむことになる。

私が会った子どもたちは幼少の頃に渡仏したか、この地で生まれた者たちであるが、自分たちの父や母の過去については、植民地支配、アルジェリア戦争、独立、移民などの言葉で断片的にしか知らない……両親の個人的な話、実際の体験はまったく、あるいはほとんど知らずにいる。一時的な仮の状態のなかで成長し、二つの国のあいだで引き裂かれ、悩み苦しんでいるのに二つの文化の継承者となる彼ら、子どもたちの存在は当初、労働目的の一過性の移住でしかなかったフランスの地を、定住するための移住地へと変えた。

両親の知らぬ間に、フランスの知らぬ間に、ただ驚くばかりだが、子どもたちはそこにいる。「私たちはこの社会の一員だ！」——彼らの当然の権利要求は最高度に強く激しい叫び、暴力となってあらわれる。

この本は、フランスにおけるマグレブ移民のただなかを旅した私の記録である。父たちの、母たちの、子どもたちの物語／歴史であり、私の父、私の母、そして「私」の物語／歴史にほかならない。

I　父たち

マグレブの父たちがフランスに来たのは、十九世紀後半以来つづくフランスとマグレブ諸国の特別な関係に由来している。植民地化と伝統的農業の危機ゆえに、異郷の地で働いて家族を養う道を見出した男たちが祖国を離れた。

第二次世界大戦直後、国土復興と経済再活性化のため、フランスの経営者たちはこの現象をさらに増大させる。プジョー取締役で、一九七二年から一九八一年までフランス経営者評議会（CNPF）会長職にあったフランソワ・セイラックはこう説明する。「一九四〇年の戦争終了後、すぐにマグレブからの労働力徴募が活発に始まりました。フランスは経済成長期にあり、それに対応する必要があったのです。彼らはフランス国民でした。パリのビストロにコレーズやオーヴエルニュ〔どちらも中央高地とその南西に位置する山岳地帯。古くからパリに出稼ぎ者を送り、カフェ、ビストロ経営に従事した〕から大量の人間が押し寄せるのと同様、フランスの工場を稼働させるためにアルジェリアから働き手がやって来たのです。フランス国外の力に頼るという意識はありませんでした」

国内の労働力は不足していた。イタリア人やポルトガル人はもう当てにできない。組合を組織化し、問題が生じれば労使争議の場で争うようになっていた。解決策となったのが、マグレブから主にアルジェリア人を渡仏させるというものだった。県から別の県への移動というわけで、行政上手っ取り早かったからだ。政府の後押しを受けて、フランス産業界は移民局の機能強化を推進した。企業側は徴用担当者を現地に派遣し、アルジェリア、モロッコ、チュニジアの田舎のすみずみまで人手を探しまわれたからだ。

一九六二年から一九八〇年まで、在モロッコ移民局（OMI）の徴募官だったジョエル・ダウイは次のように語る。「私は労働者を選別する仕事をしていました。単純作業をする労働者、いわゆる人夫、つまり即現場で使える人手を選ぶのです。心理学者のようなこともしていました。三分間の面談で、相手がいい奴かずるい奴か見分けられたのですから。モロッコ政府も大変歓迎してくれて、我々が求人を依頼すると全国に振り分けて人手を募ったほどです。そこからモロッコ労働省と移民局間で協定が結ばれ、一定の地域から徴募するようになりました。マラケシュ周辺からは三百人、フェス周辺からは二百五十人というように。言い換えれば、移民というパイをうまく切り分けたのです。通常、我々は農村部での徴募を好みました。農民の気質が向いていたからです」

フランス行きの候補の男たちは、独身でも既婚でも単身で来ることが条件だった。「とにかく働き手が、つまり男性の徴募が必要だったのです」フランソワ・セイラックが説明する。「もちろん独身の男性しか募りませんでした。未婚でも既婚でも、とにかく独身者というわけです」

単身での渡仏という孤独を受け入れるに加え、移民労働者は頑強で健康でなければならなかった。過酷な作業現場において、彼らの適性を保証するポイントはそれに尽きる。ジョエル・ダウイはこう強調する。「身体的な基準というものがありました。化学工場で働く者は、レントゲン検査で呼吸器に何も、わずかな石灰化すらあってはなりません。完全に健康体でない者にかかる費用をフランスは払いたくなかったのですから」

そうして雇用された者は、読み書きができずフランス語もままならないため、七割が作業員、三割が単能工として雇用された。フランソワ・セイラックの回想によれば、「彼らは訓練されていない労働者でした。単能工として工場の組立ラインに配置するには三週間から三カ月の訓練が必要でした。単一の操作、処理に特化して訓練するのです」。またジョエル・ダウイは誇らしげにこう述べる。「雇用主の希望に見合った労働力を送り出すのが最重要課題でした。使えない奴を送っては単なるロスになりますから。私の担当はモロッコでしたが、そういう損失は二パーセント以下でした」

このような移民労働者の仕事と住居は、すべて引き渡された企業側が決定した。外部との接触を断たれて隔離状態の宿泊施設に押し込まれ、彼らは厳しく管理された。この時期に「眠りの商人」とも呼ぶべき商売が生まれた。いわゆる「三交替制」のシフトに応じて一日の労働時間を区切って順番に効率よく労働者を寝床に据える、六人用、八人用、あるいは十人用のベッドがある部屋や地下室を宿舎として提供する商売だ。「アルジェリア人の労働者たちは男だけに囲まれた、いわば兵舎のような場所で暮らしていました。それゆえ、人間関係の問題がしばしば起こりましたが、それは雇用者の問題ではありません」とフランソワ・セイラックはコメントする。

家族とのつながりを断たれ、根を失ったこうした男たちにとって、日曜日だけが唯一の自由時間だった。移民労働者たちはカフェに集まり、故郷の言葉でしゃべっては年にひと月だけ戻る我が家に思いを馳せた。帰るたびに子どもたちは大きくなり、帰郷はまた次の子どもが生まれる準備をする機会でもあった。祖国の歌手の歌を聴いては郷愁にひたり、顔なじみに出会う、カフェは唯一の会話の場、娯楽の場だった。そこではトランプやドミノをして過ごした。

今日、《ブール》〔「アラブ」の逆さ言葉の俗語。マグレブ系移民二世を指す〕と呼ばれている若者たちの父親はこんなふうにフランス社会の余白で暮らして、あらゆるものを切り詰め、故郷にできる限りの送金をした。次の里帰りを夢みて、異国で暮らすつらさの慰めとした。伝統やしきたり、とりわけイスラームの儀礼をまもることで出身国とのつながりが維持されたが、礼拝など信仰の実践はできるだけ目立たないようになされた。

一九五四年から一九六二年まで続いたアルジェリア戦争中も、フランス企業はアルジェリアでの労働力徴募の勢いを弱めなかった。パリでは戦争がらみのテロが頻発し、マグレブ出身者に対して敵意と不信感が生じたが、以降それは消滅することはなかった。ふたたびフランソワ・セイラックの証言。「アルジェリア戦争中、労働力の需要はひじょうに大きく、当時何事もなかったかのように我々雇用主は平然と徴募を続けました。問題を生じさせたのは我々ではなく政府です」。フランスの雇用側は、国政が最高度に緊迫した一九五六年、独立国家となったモロッコ、チュニジアと協定を交わし、この二国のすみずみから労働力を募り、それをフランスの工業地帯へ振り分けた。

アルジェリア戦争後はフランスとアルジェリア間で締結されたエビアン協定〔一九六二年のアルジェリア戦争終結に向けた和平協定〕に基づいて、毎年五万人の移民労働者を見込んだ。彼らは最高三年在仏して帰国し、新たな移民労働者がそのあとを埋めるかたちでやって来た。マグレブ人がフランスに根づかないようにするためである。一九六四年から一九六九年までアルジェのフランス大使館に駐在したステファン・ヘッセルは、こう述べる。「私の任務は労働力を確保するための協定を調整することでした。要は、フランス企業が未熟練の安い労働力を多く集めることでした。アルジェリアにとっても、失業者問題を少しでも解消する方策になったのです」

独立後の経済的困窮に失望し、多くのアルジェリア人が旧支配者の地に赴くことを選び、なかにはフランス国籍を取得する者もいた。他の者は五年ごとに更新可能な滞在許可証を取得した。一九六二年から一九七三年の間に、アルジェリアからフランスへ移民した渡航者数は三倍に膨れあがった。これは一時的な滞在と誰もが考えていた。また、在仏アルジェリア人友好会は移民労働者がフランスの地に根をおろさないようにするのを任務としていた。以下は移民担当閣外大臣事務局の技術参事官、フィリップ・モロー＝デファルジュの証言である。「フランス・アルジェリア政府間協定に従って、アルジェリア人友好会は、自国の労働者がフランスにおいてもアルジェリア人であり続けるように配慮していました」

一九七〇年代のオイルショックとともに、ヨーロッパ諸国が恩恵を得ていた経済成長が止んだ。そこから生じる経済危機によって失業者が急増した。アルジェリア人、または仏国籍をもつアルジェリア人がまず職を失った。技術をもたず、危険を伴う仕事に従事している彼らは、世論の攻撃を受けやすい立場にあった。一九七二年のマルスラン＝フォンタネ通達〔失業者増大を鑑み、移民労働者の仏入国を制限する措置〕により、年間の労働者移民の数は二万五千人に減じられた。この労働力は、産業部門と地域による特殊な需要に応えるものでなくてはならなかった。この基準以外に、滞在資格の交付はもう不可能になった。

一九七三年、ジョルジュ・ポンピドゥー政権下のメスメル首相が移民「凍結」を決定する。世論の一部と知識人たちが移民労働者の生活環境の劣悪さを告発し始める。一九七四年、新大統領ヴァレリー・ジスカール＝デスタンが労働者の家族を呼び寄せる家族合流を公認する。全国移民用住宅委員会（CNLI）事務局長、ジャン＝ノエル・シャピュリュはこう語る。「政治的圧力がありました。加えて、国務院が家族合流は人間の基本的な権利であると主張し、それには反対できませんでした」。この家族合流により、マグレブの地で離れて暮らす妻である母たちと幼い子どもたちがフランスに来ることが公認され、移民労働者の父たちの孤独が和らぐことになる。

キキ——ヴィクトル・ユゴーのフランス

セガン島〔パリ南西、セーヌ川中州の島。一九九二年までルノーの工場があった〕の真正面にある労働者用団地《シテ》、巨大な十六階建コンクリートのビルにヘマイエスは住んでいる。そこは一九九二年三月まで、ルノー公団が敷地の一部を低家賃住居に改造し、巣から出てまた巣に戻るミツバチさながらに従業員をできるだけ仕事場のそばに住まわせ、せわしく事業を稼働していた場所だ。入口ホールとエレベーターは塵だらけで掃除が必要だったしペンキも剝げている……空気もよどんでいる！　キキのアパルトマンは九階にあった。

　ベルを鳴らすとすぐドアが開いた。見てすぐ、時間をかけて身なりを整えていたことが分かる。頬には髭剃りでつけた赤いカミソリ跡、まとわりつくようにふわっと漂うオーデコロンの匂い、休日用の栗色の背広。ただ、すこし短くなった裾からくたびれたスニーカーが丸見えだ。ネクタイは赤とピンクの花柄。その色を引きたたせる緑色のストライプのシャツの襟はくたびれている。髪と口髭には白いものが混じりはじめ、顔には何本もの皺が刻まれているが、若々しい活力は失われずに、私を迎え入れると同時に彼はほほ笑み、私の手を取って丁重に指にキスしながら、「ヘマイエスです。キキと呼んでください。出身はチュニジア」と自己紹介した。

居間は古びてリフォームが必要なくらいだった。大きなベージュの花柄の壁紙が剝がれかけている。置かれた家具も最低限のものしかなかった。ところどころ染みのあるビニール製のクロスを敷いたテーブルが一台。椅子が数脚。むりやり隅に置いたテレビ。壁には絵葉書や家族の写真があちこちに。テレビのうえとか、電話のそばといったふうに……バルコニーに面した両開きの窓から外を眺めると、まなざしはルノーの工場がもつ人気《ひとけ》がなく広大な倉庫群に沈んでいく。それから、セーヌ川にずっと停泊したままの船のかたちをしたセガン島の奇妙な景色に出くわす。かつての繁栄は「ＲＥＮＡＵＬＴ」のペンキ文字から窺えるが、それも日々少しずつ剝がれ落ち、この一帯の建物と同様、朽ちていく運命にある。

「セガン島で働いていなければ、ルノーを知っているなんて言えません！」と、ルノーの「ル」をわずかに巻き舌にしてキキが叫ぶ。ノスタルジックな表情でこう続ける。「ここに入ったとき、私は二十二歳でした。それから四十年もいたのだからはっきりこう言えます！　セガン島のルノー公団をちゃんと知っているって。公団が私のことを知っている以上にね！」

と言ってすぐ、唇のまわりに痛恨の皺があらわれるかのようだった。話をやめ、座って何か飲み物でもと私にすすめた。答えを待たずに狭い廊下の奥に消え、数分後、プラスチックのトレイを両手に持って戻り、その上には大きなグラスが二つ、沸騰した湯が入った片手鍋、茶碗が二つ、インスタントコーヒーの瓶がのっていた。

「離婚したんですよ。だから家のことは全部自分でしなくちゃいけない」と申し訳なさそうに弁解した。

立ったままテーブルで、それぞれのスプーンでインスタントコーヒーを瓶から取り、それを茶碗に入れ熱湯を注ぐ。手の甲に散らばった茶色いシミが年月の経過を物語り、指は曲がっている。キキは私の正面に座った。

「ルノーでは皆と同じで単能工から始めました。すべてのモハメドと同じにね。ルノーに入ったとき、じっと見られて名前が決められるんです。モハメドだったら組立ラインに送られる。ヘマイエスだってモバメドだって同じことですけどね！」

キキは肩を落とした。テーブルの縁で節くれだった指が縮こまっている。

「徴募係は身体検査を受けさせて、合格すると適性検査をしました。小さな定規を握らせて反射神経があるか見分けるんです。そうやってラインの第一単能工として働き始めたんです。ラインとはよく言ったものです。何時間もずっと同じ作業の繰り返しですから。前輪を一つ固定したら、次のラインで反対側の車輪。後輪も同じことの繰り返し。当時は一時間に五十台終わらせなければなりませんでした。だから作業中に話す暇などなかったし、用を足すときだけ、それも替わりの者がいるときだけ抜けられました。工場の騒音ときたらそれはひどくて耳をつんざき、塗装とタールの臭いが口にも飯にも入ってくるんです。それが何時間も何日も何カ月も何年も！」

キキの声は重くなり、「ル」の巻き舌をさらに強めて震えはじめた。

「組立ラインにいた大方の人間がマグレブ人です。アフリカ人がたくさん、ポルトガル人とユーゴスラビア人が少し。でもフランス人は一人もいなかった。昼休みには皆同じ飯を食べながらおしゃべりするから、いろんな言葉や訛りがあちこちから聞こえてきます。周りの様子を観察し始めました。第一単能工から第二単能工になれるかもしれないという、それだけの希望をもって何年もずっと同じ作業の繰り返しをしている者たちがいました。マグレブ人は調整工や班長にはなれないんですから。ルノーも他の自動車メーカーのシトロエンやプジョーのように、単一作業のためだけにマグレブ人やアフリカ人が必要だったと、ずっと後になって知りました」

そう言いながら彼のまなざしは険しくなり、無言の抗議をするように拳を握りしめた。

「幸い、組合がありました。労働総同盟（ＣＧＴ）は経営陣と交渉し、識字教育と技能研修を勝ち取りました。ほんとにたくさんいたんですから！　たいていの者は読み書きができませんでした。黄金郷《エルドラド》があると信じて、ただただ徴募官について田舎からいきなりここにたどり着いたのです。一九五〇年代のチュニジアでは、若者はみなフランスに行くことを夢見ていました。私がチュニジアを出た時、二十一歳で親はもういませんでした。ボーヴェ〔仏北部オワーズ県県都〕の自動車修理工場にいた遠縁の従兄を当てにして渡仏したのです。でも、ここに来たのは財を成して金持ちになろうとしたからじゃありません。知的な目的があったからです」

キキの黒い目が突然、不思議な輝きできらきらした。

「チュニジアで中学生だったとき、マレ先生という男の先生がいました。北仏、ベチューヌの深く冷たい霧と鉱員用住宅街を捨てて、太陽の光が溢れる私たちの国にフランス語と文学への愛を教えにきたのです。アルフォンス・ドーデ、ピエール・ロチ、エクトール・マロ、それにあのヴィクトル・ユゴーを先生から教わったのです！　絶対に忘れられないユゴーの文章を二つ覚えています。私がたどった道のりを言い表しているのですから。一つ目はこう。《神よ、光に出会えるよう、私に闇の門をあけたまえ》〔『瞑想詩集』所収「来た、見た、勝った」より。実際の詩行は「お主よ、夜の門をあけたまえ、私が立ち去り消滅するために」〕。フランスはこのように見えました。闇のなかに差し込む、まさに光でした」

大粒の涙が張りのない頬をつたい、キキは拭うこともしなかった。

「大海の漁師を語ったものですが」とことわりをつけて続けた。「二つ目はこうです。《つねに押し寄せる波に打たれ、彼は独りで底知れぬ深みへ、夜のなかへと進み入る》〔『諸世紀の伝説』所収「貧しき人々」より〕。

フランスに着いてはじめて、この文が本当は何を意味しているのか分かったのです！」

　悲しみでキキの顔は震えていた。涙は溢れつづけ、頬に刻まれた皺の線をたどって流れ落ちた。

「フランス行きの船の汽笛を今でも憶えています。チュニス全体に響きわたりました。出発する息子たちはいなくても、どの家でも皆が涙を流しました。出港すると自分は家なき子のみなしごになり、私の乗った《チュニス号》の汽笛が夜の闇を引き裂くと、どの家でも母親と父親が泣いているのだと分かりました。それがなぐさめになったのです。道中食べるようにと誰かがくれた小さな肉団子も、誇らしげにかぶった赤い立派なシェシア帽〔トルコ帽。飾り房つき円筒形帽子〕も、涙さえも心をふるわせました」

　粒となってとめどなく溢れる涙を突然手の甲でぬぐって、こう続けた。

「船が港から遠ざかっても私はずっと手すりにもたれていました。もうチュニジアには戻らないと思って、シェシア帽を海に投げ捨て、波の間に間にただよい紅い点になって見分けがつかなくなるまで、それをずっと見つめていました。そうしてマルセイユに着いたとき、食べ残した肉団子も海に捨てました。着いたのは早朝でした。寒くて薄暗くてじめじめと湿っていて、国鉄のサン＝シャルル駅まで行ってパリ行きの電車に乗りました。ボーヴェへ行くためパリで乗り換えたのです。トランクの取っ手をしっかり握って人の往来をながめました。現実につなぎ止めるのはこの取っ手しかないほど強く握りしめて。私は透明人間みたいに、そこにいないも同然でした、誰も目もくれず、言葉もかけず私にぶつかってきて。ヴィクトル・ユゴーのあの詩句が頭の中で鳴り響きました。《彼は独りで底知れぬ深みへ、夜のなかへと進み入る》。私はフランスに着いて、周囲の無関心を初めて知ったのです。これからとてもきつく、きびしいものになるのだと考えました」

背広のポケットからチェックのハンカチを取り出し、頬をぬぐって立ちあがり、部屋から出て行き、戻ってきたときにはラヴェンダーの匂いがした。

「こんなこと、誰にも話したことはありません、特に子どもたちには。そうです。本当にきつくて、ボーヴェにいられないほどきつかったのです。パリに来たいと思っていました。生活はもっと楽で、移民の数はずっと多いし、もっとゆとりができるだろうと思っていました。そういうわけでルノー公団の採用事務所に向かったのです。私は自分が、若きトルコ女、アジヤデに恋したピエール・ロチ〔オスマン帝国を訪れた海軍士官ロチはハーレムの女アジヤデとの恋を小説にした〕みたいだと思いました。彼女を愛するがゆえにトルコへ赴き、イスタンブールにも恋をし、ムスリムに改宗までしたのですから。私はフランス語とフランス文学に恋していたのです、フランスに来て、まるで恋人を愛するようにルノーを愛して。ルノーへの愛ゆえ技能習得の研修も受けました。でもピエール・ロチにはならなかった、その他大勢のモハメドの一人でした。ただ、組立ラインにねじで止められるがままにはなりませんでした。前に進んだのです」

顎をあげ、胸を反らせ声を強めた。

「組合が私たちを後押しして前進させてくれたんです。労働総同盟から派遣されたアルジェリア人が灯油缶のうえに乗って、技能習得をするにはどうすべきか皆に説明してくれました。もちろん、騒音と悪臭と耐えがたいテンポで進むラインで何時間も働いた後、夜間の講座を受けるなんて簡単なことじゃありません！　大半の単能工は家に帰りました。家族の元か、部屋の仲間の元へということですけれどね。軍隊みたいに五人も六人も詰め込まれた部屋ですよ！　そしてまた次の日には同じ作業が待っている、『モダン・タイムズ』のチャップリンみたいにね。運よく、カビリー人〔アルジェリア北東部に居住するベルベル系少数民族。独自のベルベル文化とベルベル語を維持する〕の掃除夫が箒置き場を改造して工場の隅っこにカフェを作ってくれました。そう！　セガン島のアラブ風ビストロですよ、メルゲーズ〔マグレブの香辛料入り牛羊肉腸詰〕も食べられたし、郷《くに》の空気にひたれました、それに何と言っても喉の渇きをいやすことができました。ラインでは三十度や四十度になることもありましたからね」

キキは微笑んだが、一瞬にして顔を曇らせた。

「恐ろしかったのは自分が仕事に適さなくなった日です。つまり、退職のときが来たことです。そんなこと普段は考えていなかったし、ずっと働いて、人の倍働いて、まずは技能を向上させ、それから自分と同じ資格をもったフランス人と同等とみなしてもらうため、そして子どもたち、そう、私の息子たちが父親を自慢できるよう、フランスに同化しようとつねに努力してきたと彼らが分かるよう、ずっと働いてきたんです。子どもにはずっと言い聞かせてきました、フランス人のように生活して働けば、問題なんてありはしないんだと。レストランに行けば、手で食べたりはしません。それでもおいしいんです！」こう言いながら、思わず顔をほころばせた。

キキは立ち上がって、閉鎖された工場を眺めた。彼の人生を捧げた場所だ。ほんのしばらく、思いをめぐらしているようだった。

「移民のフランス社会への〈統合〉というものが、実際は何をさすのか私は分からないのです。まわりのフランス人と同じように暮らして働き始めるときから、自分たちの信仰に従わない、モスクに行かない、断食《ラマダン》を行なわないということなのでしょうか。それはこの国で他人の宗教に要求することじゃない。街で誰かとすれちがっても、顔にプロテスタント、ユダヤ教、正教、エホバの証人などと書いてあるでしょうか。逆に、ムスリムが顎髭を生やしたり、妻や娘にヴェールをかぶせたかったら国に戻るべきでしょう。私は戻りたいなんて思ったこともない、ほかの連中みたいに奨励金をもらっても、その額がどれほどであっても戻るつもりはありません。とにかく十年ごとに移民グループで問題が起こる。イタリア人、アルメニア人、ユダヤ人、それにブルターニュ人だって！　そして今はアラブ人の番、それだけのことです。皆が忘れてしまっていることは、一九六二年〔アルジェリア独立年〕まで、フランスに来ていたアルジェリア人はフランス人だったということです！　独立後にやってきたアルジェリア人の子どもでも、フランスで生まれたならフランス人です！　それに、戦争のあいだ、フランスが勝つようにと兵隊として死んでいったアルジェリア人の子どもだって、フランス人と呼ばれて当然でしょう。私の子どもたちはフランスで生まれ、アラビア語は話さず、フランス語を話してフランス語で考える、それなのになぜ彼らに父親の国籍を押しつけるんですか。だから事が厄介になる、人種差別主義者の格好の言い分になる。こういうことすべてを私が活動している組合や団体で説明しているのです。人の役に立とうと、ものを考え行動する時間が今はあるから。闇のなかをさまよう人たちに射す一条の光になるのです」。ヴィクトル・ユゴーを言い換えて、こう締めくくった。

　それから並ぶ倉庫をじっと見つめながら、悲しげにつけ加えた。

「九二年三月の最後の日、解雇された工員全員がルノー公団とルイ・ルノー〔ルノー社創設者。一八七七年―一九四四年〕の生涯を書いた本と腕時計とセガン島がプリントされたTシャツをもらいました。そのセガン島のイラストは、多くの仲間たちの心に刻まれているはずです」

　キキのしわがれた声がかすれた。ドアのところまで私を送ってくれたが、彼の目はふたたび涙が溢れそうだった。

　あれ以来、私はよく想像する。つれない愛人になおも魅せられ、心痛めるキキの窓辺に立った姿を。

アブデル――重なる不当な仕打ち

かつて彼が坑夫として汗水垂らし必死で働いたのち閉山となった炭鉱には、廃墟と化した建物、割れたガラス窓、錆びて腐食した鉄骨しか残っていなかった。この人気《ひとけ》のない荒れ地のちょうど真ん中にセメント舗装した立坑があって、それを見張るように煤《すす》で黒ずんでもう動かない「巻揚げ櫓《やぐら》」の残骸が、昇降機で坑夫を降ろすことも、「取り壊した」石炭を引き揚げることもなく、何年もワイヤロープを垂らしたままでいる。寒さで赤く冷たくなった手に息を吹きかけながら、アブデルはそこで私を待っていた。五十歳はとっくに超えている。目のまわりの青白い隈が病気もちの外見をいっそう強調し、二本の皺が頬にしっかり刻まれている。唇のうえの白くなりかけた口髭は、何かが浸食したように黄色く色褪せている。

「ここにはよく来るんですよ」しゃがれ声でこう言った。「最初にここにやって来たのは一九六三年八月三十日、朝の四時でした。朝といっても真っ暗でしたけど！　モロッコからいきなりここに来たんです。郷《くに》を出るのは初めてでした。終わりがないような移動の旅でした。何時間も何時間も誰ともしゃべらず、景色を見てどの辺りか想像していました。船がマルセイユに着くとすぐパリ行きの電車に乗って、それから次の電車でドゥエ〔北仏ノール県の工業都市〕まで乗って、それから乗せられたバスの窓からここに来るまで灰色の景色しか目にしませんでした」

激しい咳の発作で彼の話は中断した。発作がおさまると、さらにしゃがれ声になって、赤くなった目でこう続けた。

「モロッコでは農夫でした。農作業をしていたけれど、いつも仕事があるわけじゃありませんでした。だから、フランスに行って炭鉱で仕事ができる人手を探しに来ると聞いたとき、募集している場所に行きました。事務所のドアの前には何百人も人が待っていました。まる二日間待ちました。ようやく係員がやって来て自己紹介しました。《サジュノルパ炭鉱会社のモラです》。名前と会社をこんなふうに言われて、もうフランス語が分かるんだと自分をとても誇らしく思いました。相手は私に手を差しのべ、私は彼にほほ笑みました。それから私の手を取って奇妙な仕方でずいぶん長く握手して、私はまたほほ笑み返しました」

アブデルは風が防げる場所を指さして、あそこに行きましょうと咳き込みながら言った。

「この握手が本当に意味することをずっと後になってから知りました。もし手のひらにタコができて硬ければ炭鉱仕事に向いていて、係員は手に緑色のスタンプを押すんです。だめな者には赤いスタンプ」

アブデルは深刻な表情で私をじっと見た。

「私の手には緑のスタンプが押されました。それから医者の診察、血を採って肺のレントゲン。係員はとても感じがよくて、健康と診断された者全員に、サジュノルパが何でも面倒をみる、一年間の契約も旅費も、着いてからの手続きも電気代も無料、宿舎も無料、帰りの旅費も全部出すって。《何でも》と何度も繰り返しましたよ。両親と妻には彼が言ったのと同じことを言いました」

アブデルは話すのをやめて咳き込んで、ジャケットの襟を立てた。ボタンが二つ取れていた。

「出発の二日前、係員は小さな写真をたくさん持ってきて、手紙を出すのは郵便局、十字のしるしは薬局だと教えてくれました。全部、炭鉱からも街からもそれほど遠くない宿舎と同じ場所にありました。着いたその日に現場監督が私に、《アブデル、おまえは《取り壊し人《アバトゥール》》〔採掘人。屠殺人の意味もある〕だ》と言いました。石炭を採掘する〈取り壊し人〉、それが私の仕事でした。宿舎は夜に仕事から戻って初めて目にしました。ドイツ人が戦時中に建てた古いバラックだと後で聞きました……」一瞬ためらってつけ加えた。「捕虜を収容するためのね」

「バラックごとに六室あって、六人で一室。《水道だってあるんだから》と係員は言っていましたけど。一室六人で交代制です。つまり、午前中三人が寝ているときに三人が働く。そしてその逆。他のみんなと同じに、私も眠気と戦う術《すべ》を学ばなければならなかったのです」

アブデルは頭を垂れ地面を見つめていた。彼の両足のあいだにある黒い小石には草がからみついていた。

「一年間、この下で、あるときは午前中、あるときは午後、ずっと石炭を掘っていました。ずっと続けるつもりはありませんでした。家族が恋しかったです。一年の契約期間も終えられるか分からない、それほどつらかったのです。ほとんどの時間を地下で過ごして、ときには一千メートルもあるところまで潜ることもあって、地上に出てくるともう何も見えません。服を脱いで体を洗うだけ。くたくたになって、鍋に額をつけて寝入ってしまったこともあります。一年間の契約がようやく終わると現場監督が私を事務室に呼んで、ろくすっぽ私も見ずにこう言ったのです。《おまえの名前は何だっけか？　いい〈取り壊し人〉だ。二カ月の休暇をやろう。戻ってきたら契約更新だ。次の契約は十八カ月》」

アブデルは頭を垂れ地面を見つめていた。かつて一日中この下に潜っていたのだ。

「私は何も言いませんでした、というのも心の底では評価されたことがうれしかったのです。作業と疲労しかなく、いつも同じことを繰り返し、地元の人やフランス人と言葉を交わすことのない生活はほんとうにつらいものでしたけれど。外との接触、外出なんてありませんでした。ただある日、やって来たバスが私たちを乗せて大きなテントのもとへ連れて行きました。テントの下には徴募係のまわりに、荷物計量や税関、旅券検査などあらゆる出国手続がそろっていました……それからバスはほとんどまっすぐ、アガディール〔モロッコ南部の都市〕行きの飛行機に私たちを連れて行ったのです」

アブデルは話をやめ、呼吸するのが困難なのか、何度も息をついた。

「二カ月の休暇が終わると、私は空港に戻りました。係員はすでに搭乗の作業をしていました。来たときと同じことをもう一度やって、相変わらず外部との接触はなく、他の仲間といっしょに瓶のなかに入れられて外を見ている感じでした。そんなふうに時間が経っていきました。石炭堀りを続けていましたが、だんだん疲れてきました。ある日、一年経った頃です。事故に遭いました」

また話を中断し、自分の片足をずっと見ていた。

「本当にくたくたで少しうとうとしながら、五百キロある変圧器を引っ張っていました。よく見ていなかったのです、私の足を直撃しました。そして意識を失い、気がついたら病院のベッドでした。ひと月の入院と八カ月の療養生活。見舞いにくるのは徴募係だけ。病室に来るとこう言いました。《サジュノルパの契約書どおり、勤務中に事故を起こしたり、病気になった者は雇えない。おまえの契約はあと六カ月で終わる。もうここにはいられないからモロッコに戻るんだ。だが、サジュノルパは何でも面倒を見る、何でも》」

また話を中断し、何度も息を吸い込み、空気が欠乏しているかのように息を切らした。

「係員の言うことはもう聞きませんでした。労働総同盟が組織したストの日を思い出しました。十八カ月の契約についてモロッコとの協定に抗議するストでした。十八カ月も炭鉱にいれば、肺はやられるし難聴にもなります。自分の健康状態も分からずに、移民の炭坑夫は国に戻されるのです。その頃は私もあえて主張はしませんでした。モロッコ人友好会の代表がわざわざ炭鉱までやって来て、ストの参加者の言い分に対してこう言ったんですから。《あなた方はここに働きに来たんだ、デモやストをしに来たんじゃない！　働きたくない者はモロッコへ送り返すぞ。税関を通過したとたん、どれだけ困ったことになるか分かっているのか》」

アブデルは急に立ち上がり、両手を何度かこすり合わせ、ジャケットのボタンを留めようとしたがうまくいかない。

「そういうことをじっくり考える時間なんて全然ありませんでした。でも事故に遭ってから時間ができました。そうして少しずつ気づいたのです、フランス人の坑夫と私たちのあいだには、あまりにも大きな差があると。私たちには労働者のいろいろな権利も、年金も労災もありませんでした」

疲れた顔と暗いまなざしが、怒りでこわばった。

「抵抗し、闘い、勝利したのです。私はここに残りました。十年間を孤独に過ごしたある日のことです、そう、一九七四年六月二十日、ついにモロッコの家族を呼び寄せる許可がおりたのです。ただ、サジュノルパは部屋をくれませんでした、妻がまだフランスにいなかったからです。それにモロッコも渡航許可を出してくれませんでした。住居が確保できていないから、家族を呼び寄せる条件を満たしていないと言うのです」

また咳の発作が始まり、しばらく話をやめた。

「ソーシャルワーカーが助けてくれて、妻がフランスに来られるようになりました。最初の頃は、私より妻のほうが大変でした、フランスにずっとはいたくなかったからです。でも子どもたちが生まれて、ようやく慣れることができました。私だって郷に戻ることは考えました、でも少しずつ、どうしてそうなったのでしょう、三十三年前に連れて来られたこの国から離れられなくなっていたのです。この深い立坑からも離れられない！　子どもたちはここで生まれ、ここで学校に通いました。彼らにとってモロッコはバカンスに行くところにすぎません」

静かにほほ笑んで、アブデルのやつれた顔の表情がなごんだ。

「私は今、《パ＝ド＝カレ県元炭坑夫協会》で活動しています。これまで経験してきたことをみんなに話すと、もう誰にも違いなんてない。それに、フランスで暮らしたからこそ、すっぱりものを言えるようになったんです。正当な理由があって納得できないときは《糞ったれ《メルド》》と言う権利を学びました。でも私の苦労を子どもたちに話したことはありません。それでフランスに憎しみをもってほしくないのです。子どもたちには、よい共和国市民になってもらいたい」

気持ちのよい笑顔を浮かべてアブデルは私と握手をし、そして足を引きずり咳き込みながら、廃鉱となったこの場所を去っていった。

屈辱と差別と、そして事故に遭った後、体調が戻ってからほんの数カ月の勤務しかサジュノルパが認めていなかったことを知った苦悩にもめげず、アブデルはフランスに居続けるために、あらゆるものに立ち向かって闘った。粘り強い闘い、子どもたちの存在、恨みや憎しみを乗り越えようという意志によって、祖国から遠く離れて暮らすこの国が日に日に、生を享けた国よりも離れがたい地になったのだ。

アフメド・ブーラス――メダルの裏側

アフメド・ブーラスはリヨンから約二十キロの郊外、ジヴォール＝ヴィルに住んでいる。ローヌ川と運河、サンテチエンヌに通じる高速道路、複数の鉄道路線、石炭の下請け作業をするいくつもの高炉でぎっちり囲まれた町だ。小糠《こぬか》雨がしとしと降っているせいで周辺の住人は皆、アパルトマンに閉じ込もってしまったのだろう。通りにはさびしいくらい人気《ひとけ》がないからだ。店はない。ショッピングセンターが数キロ行ったところにあるはずだ。パン屋が一軒あるが、店のシャッターは閉まったまま……団地《シテ》〔主に大都市郊外の集合住宅地区〕の少し手前にタバコ、宝くじ《ロト》、場外馬券も売っているカフェからタバコの煙がただよってきて、日々の期待や希望をむかつく悪臭で包んでいるようだった。少し暖をとりたかったのでそこに入り、急いで殴り書きした住所を確かめた。男たちしかいない場所だ。私が入るのに気がつかないはずはない。お茶を飲み干してすぐ、場違いな気分に頬を赤らめてさっと出た。背中に男たちの視線が重くのしかかる。

団地のほとんどの窓にはパラボラアンテナがついている。郊外の労働者が住む団地の例にもれず、ここでも巨大キノコはどんどん増えている。私は四階に上がっていく。昨日も今日も、また明日も同じように過ぎていく、そんな界隈の午後に、私がこうして人を訪ねていくことは重大な出来事のような気がしてきた。ブザーを鳴らすと耳障りな音が辺りの重苦しい静寂を破り、ドアがじきに開いた。アフメド・ブーラスは私をアパルトマンに入れた。五十代の小柄な男性で、青白赤のトリコロールのジャージをはおっている。笑ったり、また目をつむったりすると顔に無数の皺が浮かび出る。栗色とクリーム色の花柄のカバーがかかったソファーに私を案内して、部屋から出て行った。室内をさっと見わたすと、テレビや食器棚のうえにどの家にもあるような家族の写真と並んで、あらゆる形の銀色に光るトロフィーがたくさんあるのに気がついた。アフメド・ブーラスはちょこんと頭だけ出して、大きな銅の盆を両手で抱えてもってきた。「妻がすっかり用意してくれたんだけど、従姉妹のところに行っていて、今日はいないんだ!」。盆を落とさないよう慎重にテーブルに置き、ビスケットの包みをあけ、湯気の出る熱いお茶を淹れてくれた。私の前にじっと立っている彼は実際より背を高く見せたいのか、つま先立ちをしている。お茶を飲んでいるあいだ、誰かが私を見ているような気がした。私の目の前の壁に、純白のガンドウーラ〔マグレブの伝統的な袖なし長衣〕に身を包み、立派な口髭をたくわえた一人の老人の大きな写真が飾られていた。

「父だよ！」私の視線を追って、アフメド・ブーラスは叫んだ。「私が生まれたのは父が五十歳のとき。そう、そうだ！　父は一七九六年、いやちがう、一八九六年生まれだった。私が一九四六年生まれだから、ちょうど五十歳離れている」

　こんな数字のやりとりをしつつ、彼は父親の写真を敬意あふれるまなざしで見つめ、それからソファーの隅に座った。そして会話が始まった。

「私がここに来たのは一九五七年八月だったよ。アルジェ近郊の小さな村の出身で、ジヴォール＝カナル〔ジヴォール＝ヴィルの隣りの地区〕で石炭工場に雇われていた兄のカーデルをたよって来たんだ。当時アルジェリアはまだフランスの県だった。カーデルは家族全員を呼び寄せたかった。母、父、もう一人の兄のラシード、それとゾフラも……」

　その名前を口にしたとき、彼の頬と耳が急に赤くなった。

「あっ……これは言っていいのかな。郷《くに》で昔からそうするように、父がカーデルのために連れてきた女の人だ」

　大きな笑みを浮かべると目がほとんどなくなってしまう。それからほほ笑むのをやめると、今度は目のまわりをたくさんの細い皺が囲む。

「私は十一歳だった。村の仲間全員と別れなくちゃいけないので、こっちへ来るのはあまりうれしくなかった。それに、こんなふうに霧がかかっていて、何も見えなかったよ。濃い霧のため降りる駅を間違えてしまったんだ。ジヴォール＝カナルで降りるかわりに、私たちはジヴォール＝ヴィルで下車してしまった。駅でカーデルを夜中まで待っていたのさ。私たちを見つけたとき、カーデルは不機嫌そのものだったよ。私たちが駅を間違えたことにも、ゾフラがいたことにも！」

　また口ごもり、顔を赤らめて父親の写真を眺めた。

「つまり、こういうわけさ。兄はここで別の女をすでに見つけていたんだよ。古いしきたりはもう通用しない。ゾフラはアルジェリアへ戻る羽目になったのさ。ゾフラのトランクに入って自分も戻りたかった。学校では、アルジェリア出身者は私と兄の二人だけ。アルジェリアでは戦争だったから、私たちはよく思われていなかったんだ。ローヌ川からいくつも死体があがったことがあったけれど、誰の仕業か真相はよく分からないままだ。あれはＦＬＮとＭＮＡの戦争でもあったんだから〔独立闘争時、軍政両面から主導したＦＬＮ（アルジェリア民族解放戦線）とＭＮＡ（アルジェリア民族運動）間に激しい抗争があり、対立はフランスにも及んだ〕。唯一憶えているのは、ある叔父が私に手紙を何度も届けさせたことだ。ＦＬＮにしたら、なかに何が書いてあるか、私だったら絶対読まないと考えたんだろう！　子ども用の自転車で手紙を持って行ったんだよ。今にして思えば、なんて危ないことをしていたのか。けれど父の命令だったから従ったまでさ」

　そしてふたたび壁の写真を見て、頭を垂れてこうつけ加えた。

「父の影響力は大きかった。学校が終わった後や始まる前に、父は私に乳清〔乳から凝固した乳分を除いた液〕を配達するように言ったんだ。母が作っていて、そうして家計の足しにしていたんだ。主に溶鉱炉で働いている独身者のところへ持って行ったな。彼らの部屋はすごく寒くて、今でもよく憶えてるよ。父のことはとても尊敬してる、本当に。アルジェリアに戻るんだと、父からずっと頭に叩き込まれていたんだよ。私もずっとそうだと思っていて、子どもたちにも伝えたかった。ああ、子どもたちがいたんだよ！」こう叫んで、急に憔悴した。

「五人いるんだ。上の三人はリヨンで生まれ、下の双子はここ、ジヴォール＝ヴィルで。つまり全員フランス生まれだね」

こう言い終えると、アフメド・ブーラスの額には皺の海ができた。

「ということは、六二年以降に生まれたアルジェリア人の子どもはみんな、二重に国籍を持てる可能性があるってことなんだ！　二つの国籍をね。子どもたちは選べるんだよ。だから子どもたちを全員、アルジェリアに連れて行ってひと月、ふた月、過ごさせたものだ。十七か十八歳ぐらいまでずっと。彼らが後で困らないように、向こうでの生活、ものの考え方を知っておいてほしかったからね。もし、一度もアルジェリアに連れて行かなかったら、どうなってしまうか……」

彼は父親の肖像がかかった壁をずっと見ていた。

「もし、子どもたちを一度もアルジェリアに連れていかなかったら、二十歳になったとき私を非難しただろう。五人のうち一人が、たとえば長男のジャメルが《ぼくはアルジェリアに住みたい》と言ったとしようか。一度も行ったことがないなら、完璧にアウトだ、やっていけないね。それに、こんなふうに言う父親だったら、《もう行ってもかまわないぞ。そら行け。荷物をまとめてここから抜け出せ》ってね。私は子どもたちを自由にさせてきたんだ」

気まずそうにアフメド・ブーラスは立ち上がり、テレビの上から額入りの写真を取って私に見せた。

「これは私と一緒にフランスに来た兄のラシード。九歳上で、あの騒動のときは、つまり戦争のときはある役割についていた。愛国心に燃えた活動家で、ジヴォール＝ヴィルとジヴォール＝カナルのアルジェリア人友好会を仕切っていた。ラシードの子どももみんなジヴォール＝カナルで生まれたのに、国に戻るという方針で子どもたちを育てたんだよ。兄は私より年長だったから、私よりよっぽど強く父の考えに影響を受けていたね」

そして、ラシードの六人の息子と四人の娘を指でなぞった。

「ただ――声がぐっと低くなった――、一番上のファリードがここで仕事を見つけたんだ。それでフランス国籍を取らなきゃならなかった。それが兄には我慢ならなかったんだ。自分の本当の国、アルジェリアの国籍をなくすだけじゃなく、威厳や誇りもなくなるってね」

アフメド・ブーラスは自分のスニーカーに目をおとし、しばらく何かを考えていた。それから手にした写真をまた見た。

「そんなときにフランス政府は帰国奨励を出してきた。知ってるかな、ストレリュ法〔一九七七年の移民労働者帰国奨励政策〕。国へ帰るのに一万フラン出すって。うちの父親がサインして、家族全員、フランスで生まれた子どもも連れて帰ったよ。兄のラシードはこう言ったんだ。《聞いたか、たった一万フランだってさ！》。ラシードはがっかりだった。それでも妻と子どもと一万フランを連れて国に戻ったよ。帰国奨励法は兄にも父にも道理にかなっていたからね。兄にしてみれば、自分の子どもたちが何よりもアルジェリア人だって思ってほしかったんだね。自分が誰かってのをちゃんと自覚するのは大切なことだしね。それからどうなったかというと、結局は……子どもたちは全員フランスに戻ってきたのさ。耐えられなかったんだ！　今、彼らはフランス人でさえない、不法滞在者だ！　これからどうなっちまうんだ」

アフメド・ブーラスの両肩がわずかに落ちた。手から写真がすべり落ち、ソファーの花模様のなかに紛れて見えなくなった。

「ジヴォール＝ヴィルに戻って、子どもたちをどう教育するか考えたよ。アルジェリアに戻った日には彼らが優秀であるように、世間のレールから外れないように、ちゃんとした仕事にありつけるように。父親みたいな仕事についちゃいけない。道路で踏みつけられるぼろきれみたいにひどいもんだ！　石炭の仕事は楽しいからやってるんじゃない。本当にやりたい仕事じゃない。それに、たとえ父親がいい教育を受けさせてくれたからって、金も手段もなかったから、自分にはほかによい仕事なんて見つけられなかった」

感謝と非難が混じったまなざしで父の写真を見た。

「自分の子どもから目を離したりはしなかった。優先市街化地区（ZUP）〔整備を必要とされる都市部地域。主に移民系住民が居住する〕に住んでいたから、それだけでちゃんと注意しないと。子どもが生まれた日から、外に遊びに行くことがなくなったよ。仲間とカフェに行くことも、カードやドミノをすることも。全部やめた！　日曜も外出なし！　火に油を注ぐように子どもたちを見張っていた。《どこへ行く？》《誰と行く？》《何時に帰る？》……まちがった道に進まないか、本当に心配だった！　きつく締めつけた分、スポーツでストレスを解消させたんだ。私はスポーツが大好きだったのに、父が禁止したからね。それに毎年夏には、子どもたちもいっしょにアルジェリアに行くんだ」

アフメド・ブーラスは頭を垂れ、はおったジャージのファスナーを何度か上げ下げした。

「子どもには誰よりも優秀で競争には負けてほしくないというのが私の考え方だ。妻も同じだ。家のなかではミスは禁止。ジャメルには始終くどくど繰り返した。《他の奴より優れていなくちゃだめだ、同じだったらお前が落とされるぞ》。そうしてきたから、柔道を始めてからすぐメダルを取れたんだ。ジャメルは諦めたことなんかなかった、彼に対してきびしすぎると責められたけどね」

部屋のあらゆる家具を飾っているトロフィーを誇らしげに見せてくれた。

「ただ、ちょっとひっかかることもある……他人がどう見るかってことでね。息子は生粋のフランス人とすっかり同じじゃない。彼が勝つと、反応がちがうからね」

そういう彼の声は満足しているのか残念がっているのか、どちらとも決められずに曖昧に揺れ動いた。

「新聞では、息子は酒は飲まない、豚は食べない、お祈りをするって書かれる……どうでもいいことさ……粘り強く頑張るさ。ジャメルがアルジェリアにメダルを持って帰ったら、移民の息子の勝利を誇りに思うだろうよ」


一九九六年七月二十四日水曜日、アトランタ。

突風《ブーラスク》のジャメルの異名をもつジャメル・ブーラスは、オリンピック柔道七十八キロ以下級決勝で、世界選手権チャンピオン、日本の古賀稔彦を破ってフランスに金メダルをもたらした。誇らしげに背筋を伸ばし、坊主頭で片方の耳にピアスをつけたジャメルは額をあげてラ・マルセイエーズを聴いていた。輝く目はじっと三色旗を見つめている……彼の名は、マグレブ移民の歴史と切り離せないフランスのスポーツ史に紛う方なく刻まれたのだ。

ハムーとマフムード——旧従軍兵士

「一九三九年、十八歳になった年にすぐウジダ〔モロッコ最東端、国境付近の都市〕で軍隊に入ったよ。当時の兵隊はみんな同じで、ちがいなんてなかった。連隊に入って馬を連れて、砲兵隊は砲弾。北のダンケルクで全員捕虜になって。ドイツ兵に取り囲まれて、奴らはドイツ語で《止まれ《ハルトゥ》！》って叫んだんだよ。隊長が副隊長を呼んでラッパを吹かせて全員を集めた。皆しーんとなった。隊長は頭をあげてこう言ったよ。《いいか、フランスは戦争に負けてはいない、一つの戦いに負けただけだ！さよなら、子どもたち！》そう言ってピストルを取り出して頭に当てた。それで隊長はバーン！耳のところに撃ち込んだよ」

ハムーは「彼の」第二次世界大戦をこんなふうに話してくれた。七十八歳の彼の小さな顔には、小さな黒い目が鋭く機敏に光っている。白髪を短く刈り込み口髭も白いが、手入れが不揃いで鼻の下でギザギザになっている。話し出すとハムーの顔は生気を帯び、目の周りに皺ができる。上下に青いジャージを着ているが少し大きいサイズなので、裾はたるんでバスケットシューズが見えないほどだし、話しながら手を動かすたびに両方の手のひらが半分隠れてしまう。小さな鍵が二本ぶら下がった靴紐のような茶色い紐を首にかけ、動くたびに鍵も揺れる。ハムーは歩きながら私をソナコトラ〔在仏移民労働者用賃貸住宅。六〇—七〇年代に拡大的に建設される〕独身寮の入口のほうに連れて行く。ドランシー〔パリ北東郊外の町。ナチスがユダヤ人収容所を建設した〕、アルザス＝ロレーヌ通り。店もガラス窓もない。石炭の煤で汚れたような石の壁が通りに沿ってずっと続く。

「駅はちょうどこの裏側」と、また同じように袖をまくって指をさしながら私に教えてくれる。「電車に乗るんだったら駅に近いほうがいいけど、おれが乗ることはないからなあ」と高笑いした。

金網張りの窓にはカーテンがなく殺風景で、二つある三段のステップの階段を上れば寮の入口だ。

「左側はモロッコ、アルジェリア、チュニジア人用で、右はアフリカから来た奴用。要するに黒人用《クルーラ》。お姉さん、何言ってるか分かる?」

ブーブー〔アフリカのゆったりした長衣〕を着て原色のターバンを頭に巻いた、顔も腕も黒檀のように黒い男たちの一団が建物から出てきて右側を急いですり抜けていったが、ハムーの後ろに私がいるのを見てびっくりしているのがよく分かる。

「ここは独身者用、それも国では結婚している独身寮なんだよ。皆ここに住んで三十年だ。何言ってるか分かる?」

入口からすぐ、茶色だかベージュだか、褪せた色の壁の通路になって、揚げ物の油の匂い、アンモニアが入った消毒薬の匂いがこもっている。通路を進もうとする前に大きく書かれた埃まみれのこんな注意書きが目に入った——「寮の敷地内で羊を屠るのは禁止」。「部屋のなかでも」と、赤字で付け足してある。

「コーヒーを温めてこよう。お姉さんも来る?」私が答えないうちに、ハムーは通路をすたすた歩き、汚れてべとべとしているような灰色の壁に沿った階段を軽やかに降りていった。「ほら、ここだよ」とうれしそうに言う。ドアを開けスイッチを入れる。黄色の強い光が室内を照らす。縦長の一室。壁にくっついた極端に幅の狭い四台のベッドがスペースを塞いでいる。どれも同じように緑のガラス瓶のような色のベッドカバー。織り目が雑巾のように見える。室の四隅には背の高いスチール製の物入れがあり、その四隅は少し錆びつき、取っ手に南京錠がかけられている。首にぶら下げた二本の鍵のうちの一つで、ハムーは「320番」と赤で記された物入れを開けた。「ここにあるのは全部おれのもの」と誇らしげに言い放つ。物入れのうえには形が歪んだスーツケースがあり、太い紐で巻かれている。物入れの真ん中の棚から乱雑に詰めたタオルやシーツがのぞき、一番下の棚には直火式のコーヒー沸かし器があって、棚の下半分が煤《すす》で黒くなっている。

「これを取りに部屋まで降りてこなきゃいけないんだ、日に三回も！　何てこった！」

ハムーは私をベッドに座らせてくれたが、スプリングがギシギシきしむ。

「いいときに来たよ」と小さな目を細めて彼が言う。「バカンスで郷《くに》に帰っているのが二人。もう一人は」と空のベッドを指して「市場《マルシエ》に鰯《いわし》を買いに行ってる。ここに住んで三十年だが、部屋はずっと同じ。だけど、人は同じってわけじゃない。前にはカビリー人二人といっしょだった。言葉が通じないんだ。今はアラブ人だから前よりいいね。よっぽどいい」

ハムーはコーヒー沸かしを胸のところに押さえつけて、狭い場所でバランスをとりながら片足で立っている。開いたままの物入れの扉に何枚か絵葉書が貼られ、おそらくモロッコの風景だろう、黄ばんで角がぼろぼろになっている。

「ウジダを出て五十年。いや、五十二年だ！　五十一年のほうが正確だ。ここに来てから、工事現場で毎日十時間、十二時間、土曜だって働いてきた。日曜は月に一回。妻と子どもはウジダにいる。最初はおれが帰るたびに息子か娘が増えていた。それで子どもが九人できた、いや、八人だ！」

ハムーは話すのをやめて額に皺を寄せ、指折り数え始めた。

「七人だ。死んじまったのが二人いるから」と冷静に計算した。「毎月ウジダに金を送ったよ。妻が必要なものは全部仕送りした。おれは働きどおしで大したものは必要ない。病気にもならなかったしな。一度だけあったんだ、一九五八年、いや五九年だ！　ああ、五八年だ。疲れに疲れちまって。機械は全部壊れちまうし、おれはやる気がなかったんだ。脚に大きいできものができて、初めて医者のところに行ったよ。たくさん質問された。《どこに住んでる？　独身寮で暮らしているのか？　一人っきりか？　奥さんに会うのは年に一回きり！　ほかに女の人と会ったりしないのか？》。おれはこうも言ったよ。《お医者さん、おれは大丈夫、まっすぐ歩けますよ。「ジグザグ」なんかしてませんよ》。すると医者はこう言ったんだ。《でもこのままじゃだめだ！　何度か来てもらって膿を出さなきゃ病気になっちゃうよ》。医者のところから帰ってよく考えたよ。それで結局バルベス〔マグレブ出身移民労働者が多く居住した地区。ここではそこの呪い師を指す〕のところへ行ったんだ。何言ってるか分かる？　さあ行こう！　コーヒーを淹れよう」不意にこう言って、大きな声で笑い出した。

　コーヒー沸かしをしっかり抱えたまま３２０番の物入れの鍵を掛け、部屋のドアは開け放したまま、階段をあがってついてこいと私に合図する。二階分の階段をのぼったところで立ち止まった。「ほら、ここだ」。大きな室に私を案内した。金網張りの二つの窓からぼんやり外光が入ってくる。寒いくらいの部屋だ。両側にはそれぞれガスコンロが十台ほど並び、どれもねっとり黒く厚い油の層で汚れている。そのうえにある収納棚には真ん中がくぼんだ形のクスクス蒸し器が四つ——これも油がこびりついている——青や赤、元の色がかろうじて判るまで周りが剝げた鍋がいくつか、それとはみ出した取っ手からしてフライパンだろう、それが二つ。黒っぽい色の木製の長テーブルがいくつもあって、すり減って変色し、無数の染みで汚れている。スチールの椅子が入寮者たちを待っている。部屋の奥に水槽と言ったほうがよい大きな流しがあって、なかに何枚も皿が重なり、すぐそばにマルセイユ石鹸が置いてある。流しのうえで、病院によくある丸い鉄枠の大きな振り子時計が冷酷に時の流れのリズムをとっている。

「お座んなさい、おれが全部やるから」と、ハムーは満足げに辺りを見まわしながら私を座らせた。「いいだろ、ここは。何でもあるし！　サン＝ドニ〔パリ市北に隣接する低所得層が集まる工場地帯〕のスラム街とは大ちがいさ。あそこでは段ボールに住んでるんだ。火事が起きたら、死人が出るのさ。フランスはおれたちにほんの少ししか金を払わずに、やっとこれだけの寮を建てたのさ。こんなのお姉さんは分からないだろ。今の子どもらはみんな、王子さまだからね」

　壁に並んだスチール製の十二個のロッカーは駅のコインロッカーを連想させる。部屋にあった物入れと同じ番号が椅子とローカーにふられ、ハムーはつま先立ちして、胸にぶら下げた鍵で320番を開ける。内はかなり広く、仕切り棚のうえにオイル瓶とスチール缶が鎮座し、コーヒーと小麦粉の包み、塩の箱、皿が一枚、グラスが二つ、石鹸が無造作に詰め込まれ、一番下にカジノ〔仏食料品中心のスーパー〕のポリ袋があって、パプリカの緑色の茎がはみ出している。「砂糖はいるかい？」

ハムーが訊ねる。私の答えを待たずしてスチール缶を取り出し、やっとこさ開けてテーブルのうえに置き、角砂糖を何個か取り出して私のグラスに慎重な手つきで入れ、缶のまわりを這っている三匹のゴキブリを手で追い払った。それからコーヒーをグラスに注いで、自分の宝物が入っているかのようにロッカーの中身を自慢する。

足音も立てず誰かが部屋に入ってきた。ハムーと同世代の男性で、だぶだぶのコートにすっぽり身を埋めマルシェの買物かごを持って、私たちにゆっくり近づいてきた。頭に髪の毛はなく、わずかに残ったうぶ毛がやせ細った顔を際立たせている。寒いのだろう、何度も両手をこすり合わせ、唖然とした表情で私を見ている。それからハムーをじっと見つめ、唸り声が引きつったような、ほとんど嗚咽《おえつ》に近い笑い声をあげた。

「どうしてこうなるか誰も分からないんだが、こいつはちょっと……」とハムーが話し出した。そして私がちゃんと分かるように人指し指でこめかみを叩いた。そのあいだ、買物かごの老人は難儀そうにかごを床に置いて、血が滲んだ茶色い袋を取り出した。魚の臭いがむっとひろがる。袋をあけると鰯が十四ほど現われた。コートも脱がず、私たちに目もくれず、機械的に372番のロッカーを開ける。かごとパプリカ以外は、中身は320番と面白いくらい似ている。老人は皿を取り出し、そこに小麦粉を少し入れて鰯にまぶす。べとべとした手のままコンロの方に行ってフライパンをつかむ。ぱちぱち油のはねる音がするとすぐに鰯を入れ、勢いのよい揚げ物の音と温まった油と魚の匂いがたちまち部屋じゅうをみたす。

「うまそうだろ！」ハムーが叫ぶ。「どうだ、鰯は？」

コーヒーも飲み終わっていないので、小さく頭を振って鰯のご馳走を断った。

「戦争のときは」といきなりハムーが立ちあがり、テーブルの前を行ったり来たりし始めた。

「十人に一キロのパンしかなかった。腹が減って死にそうだった、ほかの奴もみんなおなじさ。それからおれは三年間、ドイツで捕虜になったんだ。おれの連隊全員もいっしょだ。その頃は皆おなじフランス人だったよ、皆友だちだよ。けれど三十年、寮暮らしをしていてフランス人の友だちは一人もできなかったな。ここにやって来る奴もいない。ここにいる仲間だけでずっといるのさ。お姉さん、何言ってるか分かる？」

鰯の老人は自分の皿の前に陣取り、ゆっくりと咀嚼し始める。こちらのほうにときどき顔を向けるが、白内障になり始めのその濁った目では、私は見えないだろう。寄せ木張りの床をコツコツと杖で叩く音と、ぜいぜい言う苦しそうな息が聞こえた。もう一人、住人が現れるのだろう。

「ああ、マフムード、おまえかい！」ハムーがこう言って相手に駆け寄った。「コーヒー飲むかい？」

「いや」と喘ぐように、そのマフムードという男が答えた。私からほど遠からぬ、テーブルのもう一方の端、鰯を美味しそうにやっつけている老人の真向かいで立ち止まった。挨拶のしるしに私に軽く頭を振ってみせる。マフムードはかなり背が高く、背の曲がった身体全体の重みをテーブルに押しつけた杖で支え、どうにかこうにか椅子に座った。白い縞が入った紺の背広を着ているが、ずいぶん長く着ているのだろう、よれよれになって袖口は擦り切れ、ズボンはゆるゆるだ。白い髪の房が頭を覆っている。何も言わず、うっすらと隈《くま》で囲まれたその青い目で私を見つめてくる。

ハムーがグラスを取り出し、コーヒーを注ぎ、有無を言わさぬ様子でマフムードに差し出す。「ほら、飲みなよ」そして私のほうを向いて説明する。「こいつは六二年にアルジェリアから来たんだ、あれ六三年、いや六二年だ。独立のときに来たけど、その前は兵隊をしてた、おれみたいに」

「ちがう！　あんたと同じじゃない！」マフムードが興奮しながらこう言い返し、コーヒーをテーブルに少しこぼした。「おれはフランス国籍をもってた、おまえとはちがう！　それにおれが行ったのはイタリアだ、モンテ・カッシーノ。それからマルセイユ、オランダにも行ったんだ。一九三九年から四六年までずっと、最前線で戦ったんだ。戦争のせいで背中がだめになっちまったんだ。ほんとだよ、マダム！」

マフムードはいっそう背中を曲げてみせ、一生続く苦痛に苛まれるように顔をしかめている。「戦争が終わったとき、まだ二十四歳だった。アルジェリアへ戻ったよ。びっこがひどかったけど、ブドウ農家が雇ってくれた。その頃のアルジェリアにはフランス人ってのはいなかった。いるのは入植者《コロン》だよ。入植者ってのはブドウ畑を持ってる奴さ。奴らはおれを《土着民》って呼んで夜まで働かせた。それで賃金をくれって頼みに行くとおれを足蹴にしたんだ。それでもくれって言い張ると、今度は銃で一発脅しにかかった。憲兵のところに行くと、こう言われたよ。《おまえはサッサと失せろ！》。ほんとだよ、マダム！」

醒めた怒りになぜだか分からないという感情が混ざって、彼の青い目のまなざしがきびしくなる。

「おれは土着民じゃなかったから、フランスに働きに行こうと決めたんだ。一九五九年九月十二日にここに着いた。おれは哀れなアルジェリアを見捨てたんだ。入植者《コロン》相手に戦争してた頃だが、フランスはきっとおれの権利をまもってくれると信じて決心したんだ。ほんとだよ、マダム！」

ハムーはテーブルからコンロへ、コンロからテーブルへ、どんどん早足になって行ったり来たりを繰り返す。

「それで建設工事に仕事をみつけたよ、あいつみたいに」とジャージのズボンのウエストゴムを脇の下のほうまで持ちあげているハムーを見た。「最初の年はバカンスで郷に帰った。六二年は独立を祝うために帰った。実際にこの目で見たかったし、自分の結婚もあったからだ。でもあっちに仕事はない。アルジェリアはフランスと協定があったから、おれは一人でフランスに戻って来た。向こうに金を送ることと小さな家を建てること、いやほんとに小さな家だけど、そのためにこっちではうんと切り詰めたさ。二年ごとに家に戻って家族に会う。知らないうちに人数が増えている。さびしかったから呼び寄せたかったさ。でも住宅を申し込むたび、おまえに権利はないと突っ返された」

マフムードは震える手を額に当てた。

「おれは働き続けたよ。十三年間、炭鉱、工場、工事現場と仕事を変えて。いつだって送金は欠かさず、郷に戻る日を待っていた。ある日の作業中、おれが造っていた家の壁がおれめがけて倒れてきた。壁の下に埋もれたんだよ。両脚をだめにしちまった」

マフムードは痩せた両腕で必死に杖にしがみついている。一方、ハムーは腕立て伏せを始め、鰯の男は噛みタバコをくちゃくちゃ噛みながら目の前の壁を見ている。

「医者に行ったら《死んじゃうよ》って言われたよ。で、脚を元に戻すため六年間入院したんだ。死にはしなかったけどな。それでほんのちょっと手当を請求したら、おまえには権利はないって言うんだよ。一体全体どういうことだい？　おれはアルジェリアには何もくれてやらなかった、アルジェリアのために戦争なんかこれっぽっちもしなかった。それで今さら、おまえには権利がないなんて！」

流しのほうから苛立ちが混じった笑い声が起こり、それは嘆き声のようにも聞こえた。ハムーが横目で私を見ながら、からかい半分で人指し指でこめかみを何度も叩いてみせる。「はっきり言って」とマフムードは、まるで酸素が足りないように息を切らして叫んだ。「五十二年間、おれはフランスのために働いてきた！　アルジェリアのためなんかじゃないんだ！　それで？　それで、おれはしくじっちまったんだ、全部、全部だ。失敗もいいとこさ、だろ？　マダム！　し、っ、ぱ、い！　おれの人生はおれのところには来なかった。脇を通り過ぎて行っちまった。で、今さら将来って何なんだ？　妻は向こう、子どもも、ほとんど知らない孫も向こうにいて、おれだけここにいるんだ！　こんなふうになるなんて考えてもいなかった。五年か六年働きに働いて、とにかく働いて、向こうに帰るつもりだったのさ。それがまったく逆になっちまった。年寄りで病気で苦労ばかりで、人生に何を望めだって？　死ぬのを待ってるよ！　それならおれにも権利があるだろ」

やっとのことでマフムードは立ちあがった。杖に寄りかかって身体はひん曲がっているが、怒りを追い払ってこんな怒りはもうあるまいというかのように、彼の青い目はまっすぐ前を見ている。

「ほんとのことを言うと」とマフムードが部屋を出て行くなりハムーが叫んだ。「おれだってモロッコに家があるよ。でもいたくないんだ。せいぜい二カ月が限度だね！　みんなそうだろ？　あっちで飽きがくるとこの寮に戻ってくる。ここが我が家さ！　朝は四時に起床。コーヒーを飲んで、お祈りをして、それから運動。外を何キロも歩くんだ。それから十時まで眠る。起きたらお祈りして、またコーヒーを飲んで、飯の支度をして、食って、昼寝をする。午後四時にお祈り。コーヒーを飲んで、また少し運動。六時半にお祈り。それからパプリカとジャガイモを食って、八時半にお祈り。それで寝る。だめかい？　これがおれの運命だもの！　どこで死ぬだろうな。向こうかな？　こっちかな？　おそらく真ん中だろう。それにおれ一人じゃないぞ。おれみたいのが何百人もいる。フランスはいいところだよ。おれはフランスを信用してるよ。金も信用してるよ、郵便局に口座をもってから二十年になるが、振込みが一サンチームだって間違ったことがないからな。おれの口座には間違ったことを絶対しないね、フランスは。絶対に！　そうじゃないかい？」

ハムーの小さな黒い目は目尻にたくさん皺を寄せて満足げにうっとりしている。

アルザス＝ロレーヌ通りを戻ってくるとき、小雨が降り出した。私はジャケットの襟を立てた。人生の黄昏にたどり着いたあの二人の男たちのことが頭から離れず、辺りの風景は何も目に入らない。移民に仕掛けられた罠の鉄の歯が、二人の運命をゆっくり噛んで捕らえていった。一年のうちひと月だけ結婚し残りは独身という、機械の替わりに働いた二人の男の人生。一人は楽天家で何にでも逆らって生きていく。もう一人は不運の重荷を背負わせられた。しかし、定年という避けがたい運命が二人にも訪れて、彼らの人生の大事な中身を空っぽにしてしまった。労働の苦役から解放されたものの、ムスリムの伝統である年長者への敬意も感謝も彼らは享受することはない。このみすぼらしい老人ホームで、ほかの世界に移植されてそのまま歳を重ねる老木のように、彼らを永遠に根こぎにしてくれる死を待っている。

Ⅱ　母たち

一九七四年、ヴァレリー・ジスカール＝デスタンが大統領就任直後、シラク内閣は家族合流を公認して新たな移民受け入れを中止し、多くが故郷に妻子を残してきたマグレブ人労働者の定住化を図った。この決定の意味をフィリップ・モロー＝デファルジュはこう回想する。「ジスカールと彼の内閣はオープンで近代的、そして人道的であると見せたかったのです。移民受け入れ中止が世論の一部から非難されないように、家族を来させるという方策を取ったのです」

五〇年代、妻たちのなかには非合法的にフランスに入り、スラム街に住んでいた者もいた。非衛生住居撤去検討の各省間グループ（ＧＩＰ）閣僚であったジャン＝ピエール・ペルテュスは指摘する。「六〇年代にスラム街は雨後のタケノコのように大都市周辺、とりわけパリ近郊に乱立しました。ある日、ド・ゴールを乗せて北へ向かう車から、ナンテールのスラム街が見えました。ド・ゴールは言いました。《あまりにも醜い。人間が住むものじゃない。あれを全部なくしてくれ》」

結婚後、故郷に残って十五年、二十年と夫なしで暮らしてきた母親である妻たちは、幼い子どもたちを引き連れて夫のもとに合流することが許可された。しかし、この家族合流に伴う住居政策は皆無だった。フランソワ・セイラックの認識は以下のとおり。「そのとき生じたのは企業レベルの問題などではなく、社会問題でした。それまでアルジェリアで生活していたアルジェリア人の社会がそのままフランスに移動してきたのです。彼らは大都市周縁部、郊外に身を落ち着けました。住居問題はひどい状態でした」

なるほど一九七〇年以降、移民労働者の宿泊施設で火災があったり世論の一部から非難を受けて、非衛生住宅撤去に関するヴィヴィヤン法が施行された。大都市周縁部の膿のたまった腫瘍とも呼ぶべきスラム街はみごとに消滅した。ジャン＝ノエル・シャピュリュはこう回想する。「家族単位の移民は多すぎて、やってくる家族を良好な環境に住まわせると同時に——毎年二万世帯が押し寄せるのですから——、すでに生活していた家族の住環境を迅速に改善することは不可能でした。世帯での移民をもっと抑制すべきだったと私は考えます。財政上は問題ありませんでした。当時のHLM《アシエレム》〔公共低家賃住宅。仏高度経済成長期に大都市郊外で大量に建造された〕融資は四十五年で利子一パーセントととても割り安だったのです。当時は六億フラン、つまり現在の二十億から三十億フラン相当の金額が外国人の住宅に充てられたのです。当時の空き住宅とは基本的に新築のことを指しました。外国人家族だけを入居させたくはありませんでした」

スラム街撤去後は仮住まい団地《シテ》、あるいは「長もちする」スラム街が建てられた。これは移民家族がHLM入居までの待機期間に居住できるようにするための措置である。当初六カ月「もつ」ように建てられた仮住まい団地で、二十年以上使われたものもある！　有刺鉄線で囲まれ、監視人や警官の見張りのもとで暮らすことで、移住者たちにHLMでの暮らし方の基本的な規則を覚えてもらうようにした。「法律によれば、つまり規定書によれば、仮住まい団地は移住家族を二年間受け入れることになっていました」と、ジャン＝ピエール・ペルテュスは釈明する。「フランスで暮らすことを覚えるための、いわば社会教育活動としての二年間です。ところが大多数の世帯は仮住まい団地に二十五年も住んでいたのです」。同じく非衛生住居撤去検討の各省間グループ（ＧＩＰ）閣僚だったイザベル・マサンはこうつけ加える。「仮設住宅の住環境はひじょうに悪化し、取るにも取れない硬い腫瘍になってしまいました」

母たちはフランス社会のいわば埒外で、労働許可もなしに故郷を離れて国外で暮らすという苦渋を味わいながら、都市部の劣悪な住環境のなかに閉じ込められた。彼女たちが外国暮らしの根こぎの苦労に耐えられたのは、仮設住宅の暮らしが一時的なものと信じていたからだった。ソーシャルワーカーのアミナ・ノルマンは語る。「私が住宅を訪問して一番驚いたのは、マグレブから来た家族はどの家も仮住まい状態だったということでした。段ボールが積んであって、テーブル一台と椅子が四脚。それだけでした。そして私が質問すると、答えはいつも同じ。《いつか故郷に帰るから》でした」。大多数が読み書きのできない彼女たちは、この一時的な住まいのなかに、自分たちのマグレブ社会という一つの世界を、伝統と信仰で再構築するしかなかった。さらに、決して言葉には出さなかったが、ある使命を任されていると感じていた。つまり、自分たちの子どもが、とりわけフランスで生まれた子どもが、この異国の地に決して根づかないようにすることだった。母たちのこうした考えは、在仏アルジェリア人友好会の狙いにぴったり適っていた。この点について、フィリップ・モロー゠デファルジュは、「アルジェリア人友好会会長はアルジェリア政府が任命し、その任務は同国人がフランスに根づかないようにすることであったのを忘れてはなりません」と強調している。

一九七六年から一九八一年の深刻な経済危機のなかで、最初は希望者のみが対象だった帰国奨励が徐々に勢いづいたため、マグレブ出身者のフランス滞在は、とりわけ母たちにとって一時的なものととらえられた。一万フランの奨励金と引き換えに、一家の長は労働許可証と滞在許可証を返上し、妻と子らを連れて郷《くに》に戻った。レーモン・バール内閣下、移民担当閣外大臣だったリヨネル・ストレリュはこの政策の正当性を強く弁護する。「オイルショックの二年後の一九七六年、経済成長率の減少が目に見えていました。つまり雇用も減ったのです。レーモン・バール内閣との合意のもと、私は三つの政策を提案しました。第一は、在仏移民労働者を合法的に同化させること。第二は、新規の移民受け入れをやめること。第三は、帰国希望者への支援と出身国への社会復帰を組織化すること。三段階のこの政策は画期的なものでした」

政府は批判防止策として『モザイク』〔一九七七年から一九八七年まで毎日曜、FR3で放映された移民向け情報・娯楽番組〕というテレビ番組を作成した。日曜の午前に放映し、マグレブ移民たちが彼らの文化的アイデンティティを発信できるようにという意図で作られた番組だった。

以上の措置はマグレブ諸国との政府間で取り決められたにもかかわらず、移民の家族はフランスの地にとどまった。一時的な居住が永続的なものになることを母たちは受け入れ始め、何年も待ってようやくHLMに入居することができた。市街地へと移り住む者、識字教室に通う者もいた。しかし、自分たちの伝統や習慣を守り伝えることが役割であると自覚していたのに変わりはない。同時に、子どもたちがフランスの学校教育をとおして西欧社会の価値観に目ざめ、その一員として活躍したいということも少しずつ認識し始める。子どもたちの存在が、父たちの労働目的の移住を定住のための移住に変え、帰国の計画が実現するのを阻むことになる。

母たちは今、祖母となり、子や孫が暮らす受け入れの地と、死後に埋葬を望む故国の地を往来している。フランスに埋葬されると思っている母など誰一人いないと言っても過言ではない。

ヤミナ――ノートに綴った日記

サン＝ドニ大聖堂〔パリ北にある由緒ある教会。周辺は移民居住地域〕を通る地下鉄線のガリバルディ駅を出て、ドクトゥール・ボエ通りをすぐには見つけられなかった。ヤミナはそこに住み、識字教室を開いている。地図も見たが、ちゃんと確認したかったので、そばの食料品店のマグレブ人に聞いてみることにした。彼は、しなびたサラダ菜と冴えない色のトマトのうえでぼりぼり頭を掻くことに余念がない。女性の客だと察知して、手に紙袋をもって笑顔で近づいてきた。

「サントゥーアン〔パリ北郊の町〕のドクトゥール・ボエ通りをご存知ですか？」

サラダ菜のかごのうえの仕草をいきなり止めた。

「ええ、マダム。もちろん知ってます！　つまり、名前は知ってるってことです。知ってはいるけど、どこにあるかは知らないんですよ」

そういうわけで、私はまた大通りに戻った。かれこれ十五分ほどうろうろして、やっと探していた通りの角まで来ると、私がやって来るのを待ってヤミナが窓のカーテンの後ろにいるのに気づいた。狭くて埃っぽい階段の壁には揚げ物の匂いが染みつき、ベタベタしている。彼女の郵便受けには「識字教室、二階左」と小さな矢印が書かれている。ドアが開いて私を迎え入れてくれると、たくさん並んだ観葉植物しか見えない。部屋中緑色が溢れ、月並みな調度品が少しでも高級に見えるようにしている。部屋の奥に狭苦しいサロンのような場所があり、青い布張りの椅子六脚が架台に板を乗せて作ったテーブルを囲み、上には小学生が使うアルファベット板が無造作にたくさん置かれ、その他にもチョークが数本、そして『レミとコレット』〔綴りと発音を学ぶ児童向けフランス語教科書〕が一冊。

ヤミナは五十代の女性で貫禄たっぷりに太っているが、色褪せた緑色のオリエンタル風ドレスでそれを隠している。襟ぐりの金モールも剝げ落ちている。まだ黒い髪をショートカットにして頬と顎のたるみがはっきり分かるが、まなざしと笑みは若やいだ気品を保っている。促されて私がソファーに座ると、私からは少し離れた、きれいな青色の紙のカバーをかけた小学生用のノートが何冊か置いてあるテーブルの近くによいしょとばかりに座った。

「アルジェリア出身よ。ブージー〔アルジェリア北東部の都市。現ベジャイア〕の近くの小さな村で生まれて」と、その体格とは対照的なかぼそい声で話を始めた。「あら、あなたってブージーのほうの顔をしているわね！」

「そうです、父がブージー出身で」とたじろぎながら返答した。

「じゃあ、あなたも移民の娘ね！」

彼女は前に積まれたノートの一番上の一冊を手に取り、おどおどしながらぎゅっと抱きしめ、ゆっくり開いた。

「ごめんなさい、自分のことを人に話すなんてできっこないから。あなたがかまわないんだったら、私のことを書いたものを読むわ。このノートに全部書いてあるのよ」

ヤミナは姿勢を正して胸を張り、声をはっきりさせるためちょっと咳払いをした。

「父がまず最初に一人でやって来ました。父方の祖父を私たちの従姉妹のところに預けて、それから私たち、つまり母と私と三人の姉妹たちを来させました。私は六歳でした……」

文字を判読するかのように音節を区切ってはっきり読み上げる。丸い頬にわずかに赤みがさす。

「……船には、もう一組の別のマグレブ人家族がいて、男の子が四人いました。何だか奇妙な気がしました。彼らもフランスに初めて行く様子でした。最初、向こうのお母さんは私たちを見るだけで何もしゃべりませんでした。それから少しずつ、うちの母に話すようになって、私のことを撫で始めて、こう言いました。《あんたは……》。あらら、自分で書いといて読めないわ！」と顔を真っ赤にして叫んだ。

　困惑を追い払うため、ヤミナは立ち上がってお茶でも飲みましょうと私に言った。台所で何やら準備しているあいだ、私は開いたままのノートのページを見ていた。子どもっぽい文字で、削除線がいっぱい、いろいろな染みや汚れもついている。盆を抱えて戻ってくると、その上にはグラスが二つ、コカコーラ・ライトの瓶、どぎつい色の小熊やトカゲやネズミのかたちをしたお菓子がのっていた。「これ大好きなの！」と言い訳するようにつぶやいた。テーブルに盆を置いて、どうぞ召し上がれと言いながら、遠慮なしに薔薇色の小熊を一匹、おいしそうに食べ始めた。調子を取り戻して、ふたたびノートを手にして読み始めた。

「《あんたは人喰い女《フルーア》》だったら、アルジェリアのうちのほうでは《砂糖であまい《フルーア》》ってこと」

ヤミナは澄んだ声をあげて笑いころげた。「パリに着くと駅には父が待っていました。そして私たちの家まで連れて行きました。ベルヴィル通り〔パリ十九区と二十区の境界となる通り。移民が多い〕の家具付きホテルで、ここより小さい部屋に六人で住みました。両親と私と三人の姉妹たちです。部屋は台所でも食卓でも寝室でもありました。両親のベッドのまわりに恐る恐る敷布を二枚敷きました。

　頭をあげて私と目を合わせ、勇気を出すためだろう、ドレスよりもっと緑色をしたネズミを口に放った。

「私たち姉妹四人は同じ一つのベッドに寝ていました。毛布を頭までかぶると長ネギやら玉ネギ、揚げ物の匂い、それに一番下の妹の足の匂いもしました。父のいびきはタールや石膏の匂いも一緒に発散させましたが、そのリズムが子守唄になっていつしか眠っていました。私たち一家は、その部屋に七年間いました。昼間は学校に通って、夕方にしか戻りません。ああ、学校！　学校は大好き！　いつも一等賞だった、優等賞。商業科の第六年級〔中学一年に相当〕に入れる修了書だってもらったのよ。本が好きで、何度も何度も読み返したわ。本が好きになったのはある先生のおかげ、毛皮のコートのなかから香水の匂いがふわっとただよってくる、そんな先生だったの」

　ヤミナは目を閉じ、まるでその匂いが鼻孔をくすぐるかのようにうっとり鼻に皺を寄せた。それからすぐ瞼を見開き、ノートをめくってをまた読み始めた。

「私たちはそこを出て、モンフェルメイユ〔パリ北東セーヌ＝サン＝ドニ県の町〕グドゥロー団地《シテ》に越しました。全部同じ形のバラックが並ぶ、マグレブ人だけしかいない団地でした。アルジェリアの村みたいでした。ただ、太陽と椰子の木とジャスミンの花がないだけ」

　彼女の顔から平穏さがなくなって、額に皺を寄せ、ノートを手放した。

「ある日、十四歳になったばかりのことよ、パール・バックの『母』を再読していたときだったわ、母が入ってきてかぶったスカーフを取り、私のところにつかつかやってきて本を取りあげ、早く洗いものをしろと言ったの。そしてヒステリックに叫んだのよ。切れ切れにしか聞き取れなかった。《学校はもう……終り……婚約者……モラード……船の家族……》。私は何も言わずに皿を洗って夜が来るのを待ってたわ。皆が寝入った頃、家を抜け出してしだれ柳の木があるそばの原っぱに行ったの。柳の木は本当に泣くんだと、その頃は思ってたわ。だからずっと柳と一緒に泣いてたの」

深いため息をつくと、その豊満な胸が揺れた。お菓子の皿を押しのけテーブルに両肘をつき、顎を手のひらで支え、私の頭のちょうど真上の壁をじっと見る。

「船で一緒だった婚約者のモラードが親と一緒にやって来たわ。私は会っちゃいけなかったの。帰ったあと、母は贈物を私に見せてくれたわ。花嫁衣装用の生地の商品券、腕時計と首飾り。あの頃は私も痩せっぽちだったのよ」とオリエンタル風ドレスのひだを引っ張ってしなを作った。「一九五九年、正式に婚約を交わして。アルジェリアではずっと戦争だったけど、お祝いはしたの。私は腕時計と首飾りをつけて、女たちは手を叩いて踊ってた。私は気がきかない人間だし、なぜか分からないけど気分が悪かったわ。突然、知り合いの女の人、いわゆる仕切り屋のお婆さんが私を台所に連れて行ったの……」

声がとぎれ、またため息をつき、肉づきのよい腕をお菓子の皿のほうへ伸ばし、ためらった。

「その人は私の前に座って、まず始めに自転車には絶対乗るなと言ったの。さもないと私の〈あれ〉が危険だって。〈あれ〉って、私には分からない言葉だったわ。すると彼女は私の腿に手をすべり込ませて、分からせようとしたの。私は思わす叫び声をあげたわ。顔は皺だらけでシミだらけ、手も髪もヘナで真っ赤に染まっていて、まるで本物の魔法使いのお婆さんよ！　それから私と婚約者のあいだで起こることを教えてくれたわ。私の腿のあいだに自分の手を入れて、もう一方の手の中指を立て、私には分からないしぐさをしたの。そして立ち上がってこう叫んだのよ。《あんたの下着が血で染まらなきゃいけないんだよ、そうじゃなきゃ……家の名誉は丸つぶれさ！》。彼女はほっぺたを掻きむしり髪の毛を引っこ抜く身ぶりをしたわ。私は泣き出して、もう止められなかった。その夜は一睡もできなかったわね。セックスのことなんて何も知らなかったのよ。本は読むのが好きだったけれど、そういうことは知らずにいたの。ある日、姉のお産を手伝いに行ったわ。朝の六時だった。ベッドの縁に座っていたら、すぐそばの椅子のうえに姉のショーツが置いてあるのに気づいたの。それで、夫の隣りで寝るのに姉はショーツを脱ぐんだってわかったわ。姉が言うことなど耳に入らず、ショーツに目が釘付けになったわ。あのお婆さんが中指を立てたとき、後ろ向きに壁に向かった祖父に出くわした日のことを思い出した。立ち小便をしていたの。指みたいな長いものがなきゃ、あんなことできないでしょう。でも、あの女は何で私の腿のあいだに手を入れたりしたのか、翌日、母に聞いてみたの。ジャガイモの皮を剝いているところだったわ。結婚したくないって母に言ったの。そしたら剝いた皮を私に投げつけて、自分の髪の毛を引っ張って顔を掻きむしって、こう叫んだのよ。《父さんはおまえを殺すよ！》」

ヤミナは紅潮した頬を冷ますように、何度も両方の手のひらでおさえた。

「それでも、私は相手に婚約解消の手紙を書いたの。すると向こうの家が駆けつけてきて、父親が私の父の鼻先に手紙をつきつけたのよ。相手は手紙を逆さまにもって中身に文句をつけたわ。うちの父はというと、手紙を手に取って〈読み〉始めて、でもやっぱり逆さまにもって……二人とも、自分が字が読めないって知られたくなかったのね！　笑う気にはなれなかった。父は私のところに飛んで来てこう叫んだわ。《ああ、こんなになっちまった！　おまえはフランスみたいだ！　フランスがおまえの頭を食っちまったよ！》。父はベルトを外して、向こうの一家のいる前で、婚約者の前で私をめった打ちにしました」

　大粒の涙がゆっくりと流れ落ち、首の皺のあいだに消えていった。

「それでも結婚はさせられたの。ついにその日が来ました。私の生理の日からうんと離れている日取りで、義理の母になる人がその日に決めたの。皆はお祝いの宴会で盛り上がっていたけど、私たちは部屋に連れて行かれました。どうなるのか怖くて怖くて。わなわな震える手を胸に当てたわ。モラードは酔っぱらっていました、ぐてんぐてんに！　祖父や姉のショーツやあの魔法使いが立てた中指、歯のない口を思い出してしまったわ。叫び声やユーユー〔祝事・弔事でアラブ女性が喉を鳴らして発する鋭い声〕、ドアを何度もノックする音が聞こえました。死んだように目をつむっていると、モラードが私のうえに倒れこんできて、でも何も起こらなかった。皆が部屋に入って来てシーツを見ると、小さな黄色い染みがあっただけ。私が処女じゃないと思ったことでしょう、でもモラードのことは何も言わなかった。その日から黙ってることを覚えたんだわ」

少しずつ涙が乾いてきた。ヤミナは黄色のトカゲを口に入れた。

「時間が経って、子どももできて。娘三人と息子が一人。モラードの仕事は工事現場の作業員。毎日毎日仕事を続けていると、麻痺して頭が働かなくなってしまう。私も子どもも夫と顔を合わせるのは夜遅くなってからほんの少しだけ。日曜はそれぞれの実家に順番に行ってたし。ある日曜はオーベルヴィリエ、次の日曜はモンフェルメイユ。私たちの家は両親の家とすっかり同じバラック建て。一日中、家のなかにいたわ。外出してはだめだって。夫が買物をして、私は本を読むのも彼に話しかけるのも禁止。周囲から敬われたかったら、ムスリムの妻は口を閉ざすこと。夫は赤ワインを浴びるように飲んでイスラーム教を実践していたのよ！　友だちもいなかった、外とのつながりもテレビもなかった。あったのは古いトランジスタラジオだけ。ウム・クルスーム〔一九〇四年―七五年。エジプトの伝説的女性歌手〕の歌を聴いたわ。好きだった。すすり泣きみたいで」

頭を揺らせながらそっと歌を口ずさみ、潤んだ目でふたたび彼女の身の上話を続けた。

「頭がおかしくならないように、同じことを何度も繰り返すようにしたの、たとえば何度も洗濯をして空っぽの時間ができないようにしたの。私はフランスの控え室で生きてたのよ。世間が私をちょっとでもかまってくれるのはお産のとき。助産婦のフランソワーズには何度も世話になって、ベッドのそばに腰掛けてこう言うのよ。《あら、ヤミナ、またあなた！　子どもをぽこぽこ産む以外にやることだってあるでしょう》」

おかしな言い方だったのでヤミナはほほ笑んだ。が、すぐ顔を曇らせた。

「ある日、夫は私をぶち始めました。古新聞を読んでいるところを見つかってしまったの。夫がそうしたい時には、いつでも私を殴りました。子どもがいたから離婚はしたくなかったわ、だから二十年間ずっと耐えてきた。でも子どもは自分みたいには育てなかったつもり。イスラームと人生のいいところを教えたの」

悲嘆にくれたまなざしで私をじっと見つめていた。

「長女が家出したときは本当につらかった。見つかってもどうしようもない、もう家には戻りたくないって。思春期の娘に、私は少しずつ人生について教えていたのかもね。娘の家出で気づいたの、私は母であっても若い娘ではなかった、母であることが何であるか知らずに母になったってことにね。娘が出て行ってから、仕事を見つけて離婚しようと決心しました。八月でした。十一月に店員の仕事を見つけ、十二月に離婚を申し出ました」

ヤミナは立ち上がって窓のそばに行き、壁にピンで留めた一枚の紙を指し示した。印刷された文を読み始めた。


小学生のノートのうえに。私の机と木々のうえに。砂のうえに、雪のうえに。きみの名を書く……自由と！

おごそかな声だった。読み終えるとこう言った。

「ポール・エリュアールと同じことをしてみたの。小学生用のノートを買って、書いてみた。〈自由〉——この言葉の意味を知るには四十歳になるのを待たなければならなかったのね。最初は何でも大変だった。実際のフランスを初めて知ることになったわ。道路、店、テレビ、地下鉄、フランス人。仕事を見つけようと手順を踏んでいくと、《アラブ人はだめ》って断られた。どうしてだか分からなかったわ、すごい屈辱だった。自分はフランス人のつもりよ。人種差別を知ったわ。それでも一人でここまで来た。この小さなアパルトマンを見つけた。仕事以外にある協会のボランティアをしてるの。識字教室を開いているの。それで、もうじき授業の時間。私の生徒に会ってみて」

子どもっぽい笑みを浮かべたその顔は、純真そのものだった。

「夫の家を出ると兄が会いに来て私に言ったの。《ヤミナ、二十四時間以内に家に戻るんだったら父さんは許すって》。それで父のところに行ってこう言ってやったわ。《あなたは私を六歳でアルジェリアから引き離し、十三歳で学校をやめさせ、十四歳で婚約、十六歳で結婚させた！　あの日、私が泣いたのと同じくらい雨が降ってたわ。フランスのど真ん中でアルジェリアのど田舎の生活をさせられたのよ。それでもずっと黙ってた。いま私の四人の子どもはみんな大人になって、私も四十歳。もう黙ってなんていたくない。あなたにきっぱり言ってあげる、いやだって！》」

こう言ってすぐ、チャイムが鳴る前にヤミナはドアを開けに行った。五人の女性が静かに入ってきた。一番若い女性は四十五歳、最年長は六十五歳ぐらいだろうか。私を不安げに見て、架台に板をのせたテーブルに向かい、いつもの席にそれぞれ座った。それから、気恥ずかしげにノートを取り出した。Bの字の授業だった。ヤミナは小さな黒板に簡単な単語を書く。「Bar《バール》」「Bal《バル》」「Bac《バック》」……そして消すと、テーブルの上のアルファベット板を混ぜこぜにして、今度はこの板を使って自分で「Bar《バール》」を作ってみて、と生徒たちに言う。五人の生徒はそれぞれ眉間に皺を寄せ、ゆっくり慎重に考える。一番手前の生徒が最初にできあがった。前には正しい三文字が並んでいる。他の四人が拍手する。授業はこうして進んでいった。

「ねえ、アブダ。どうしてこの教室に来るの」ヤミナが訊ねた。「恥ずかしがらないで。この人は私たちと同じ郷《くに》の人。ブージーですって」

顎を動かして私をさした。

「なぜって、皆と同じでいたくなかったからよ。夫が私宛ての手紙を見るんです。手紙って自分だけのものでしょう！」とアブダが感極まって叫んだ。

「バヒーヤ、あなたは」

「私はね」と一番奥のこの生徒はため息をついて顔を赤らめた。「地下鉄でも店でも誰かの家でも、どうやって行くのか人に聞くのに、もううんざりしちゃって。ここに来て四十年になるけれど読み書きは全然習わなかったから」

「じゃあ、ハフィダは」

「私は」と、一番年長の生徒が『レミとコレット』でテーブルを叩きながら言った。「おばあちゃんになって、自分のことを考える時だって思ったからよ。ようやく、ほっとして息をつく時がきたのよ。識字教室に来るのはそのため。誰にも文句は言わせない、誰にも！」

鋭い音を口の隙間から満足げに何度ももらして、自分の自立を勝ち誇ってみせた。

私は音を立てないように立ち上がった。彼女たちは皆、わずかな手だてを工夫して狭い扉を開け、読み書きを習得する道を切り開いている。ヤミナがドアまでついてきて、「自分の」教室をやさしい面持ちで見ている。私はこっそり聞いてみた。どのくらいたてば彼女たちは読み書きができるようになるかと。ヤミナは深いため息をついて、私を見ずに答えた。「絶対無理、遅すぎるわ」

賑やかな通りに戻ると、地下鉄のそばの食料品屋の店主が私に気づいた。にこやかに笑って合図する。春の日射しのやわらかい光がヤミナの住居を照らしているだろう。自ら自由を学んだのち、フランス語の「自由」という語を読み、そして書きたいという欲求をほかのマグレブ移民の女たちにも呼び覚まそうと日々奮闘しているのだ。

ゾフラ——ほかの人たちより頭が悪いなんてことはない

パリ十一区、サンマルタン運河のそばでゾフラはカフェ兼レストランを営んでいる。昼食時には辺りの勤め人でごった返していたが、その波がひいてちょうど静かになった午後の時間に私はそこを訪れた。客は一人もおらず、どのテーブルも夕食の準備が整っていた。ゾフラはとびっきりの笑顔で迎えてくれた。おそらく六十代だろうが、白いものが混じった髪をショートカットにしているせいで、もっと若く見える。顔立ちからは苦労を重ねた様子は窺えず、その黒い瞳には抜け目ない鋭敏さが光っている。細かな青い格子柄のエプロンをかけ、白いブラウスの袖が見える。壁にはエディット・ピアフの写真が数枚、すぐ隣りにアルジェリア南部の風景を写した写真もあるので、何だかカフェ全体が熱っぽいトーンに包まれ、ちょっと不思議な違和感を醸し出している。ゾフラは私の両の頬に愛情のこもった長くて音の出る挨拶のキスをしてくれた。「ねえお姉さん、調子はどう？」そして従妹のラーディヤを紹介してくれる。ゾフラよりふっくらしていて、踝《くるぶし》まで届く紺のプリーツスカート、大柄のオレンジ色と黄色の花模様のブラウスという出で立ち、それによく似合うスカーフで頭部をすっぽりくるんでいる。

「一九四八年、彼女と一緒にアルジェリアから出てきたのよ。この人は十七歳、私は十八。彼女は母親の金細工や宝石を盗んで売ってお金を作り、フェリー代を工面したってわけ。警察にもつかまったけれど運よく逃がしてくれたよ。フェリーではひもじくてひもじくて、ユダヤ人の一家が鶏とメルクダ〔ジャガイモと香草のガレット〕を恵んでくれなかったら死んでいたよ、まったく。何てやさしかったんだろう、ねえ、ラーディヤ、そうでしょ？」

「もちろん憶えているわ」ともう一方が憶えていないってことはあり得ないように肩をすくめて答える。

「フランスには父に合流するために来たの。父は戦争前、仕事を見つけるためにやってきてボルドーのほうで働き口を見つけたのよ。戦時中はレジスタンスにも加わり、ユダヤ人が逃げるのを手伝っていたの。そのうち告発されてブーヘンヴァルト〔ナチスドイツがチューリンゲン地方に設置した強制収容所。二十三万三千八百人が収容され、五万五千人がここで死亡したと言われる〕に送られた。当時の知事は確かパポン〔ヴィシー政権下でユダヤ人を強制収容所に送ったとされる。戦後はパリ警視総監となり、一九六一年十月十七日の平和的反仏デモ参加のアルジェリア人虐殺を指示したとされる〕という男だった」

「そう、パポン！」ラーディヤが私も知っているという調子で相づちを打つ。「パポンは内務大臣〔一九七八年―八一年のレイモン・バール内閣で内務大臣ではなく予算担当相を務めた〕もやっていたんだから」

ゾフラはラーディヤの話を聞いていない。コーヒー、紅茶、それとロゼワインの瓶を用意している。腰に両手を当て身上話をまた始めるが、急にノスタルジックになる。「かわいそうな父さん！　一四年から一八年の戦争、三九年から四五年の戦争、レジスタンス、それに強制収容所も体験した！　再会したときには身も心もボロボロになって。県庁では書類の束にすっかり悩まされ、父のことを事務の女の人に言ったんだわ。だよね、ラーディヤ？」

「そうよ！　四階の事務所で何時間も待たされ、その暑さと言ったら！　八月の盛りだったわね！」

ゾフラがエプロンで両手を拭いた。

「ねえ、その頃のアルジェリアは今のパリが県番号七五と呼ばれるみたいにフランスの県だったのよ。うちの祖父はフランス人の代わりに副税関吏をしてたわ。で、父は若くしてアルジェリア在フランス政府の警察に入ったの。フランス人と並んで戦争をするのは当時は当たり前だったわ。学校にはちゃんと行っていなくても、訛りなしにフランス語を話せるようしっかり努力したんだから」

ゾフラはアラビア語で何やら説明すると、二人は声をあげて笑った。私が黙っていたので驚いたのだろうか、私にこう訊ねた。

「何て言ったか分かる？　ああ、私の娘よ、アラビア語が分からないなんて！　かわいそうに《メスキーナ》。ラーディヤ、見た？　この人の親は娘にアラビア語を教えなかったの！」。二人とも同情のまなざしで私を見つめた。ゾフラがまた続ける。

「とにかく、うちの父さんはどんな相手でも立ち向かえるような教育をしてくれた。私がパリに着いたとき、父はサン＝クルー門〔富裕層が多く居住するパリ十六区南端にある地区〕の小さな家に住んでいたわ。私が一人でやっていけるよう、全部教えてくれたの。私は少し臆病だったから父親はこう言ったの——エジプトではアラブ人の女性も飛行機を操縦する。だからパリでは地下鉄に乗れるようにしなきゃいけないよって。結婚の話があると、必ず私の意向を聞いて、それで返事を待ってくれたのよ」

ゾフラは挑戦するかのように、短い髪をかきあげてこう言った。

「結婚したとき、全部私に命令するって夫が言ったの。言わせておいたわ、私は私の好きなようにするって。でしょ、ラーディヤ？　聞いてるの？」

ゾフラの言ったことにすぐ同意するかのように、そのとおりとラーディヤは肩をすくめた。

「私のカフェが立派な証拠よ。はじめは女中をしてたのよ、サン＝クルー門のSさんの家でね。知ってる？」

私が口ごもっていると、さらにこう続けた。

「知らないはずはないでしょう」

　そんなことは重要ではないと言わんばかりに手をかざしてなおも続ける。

「私にはけっこうよくしてくれたわ。ある日すごく暑くて、バルコニーで一緒に食事しようとマダムが言ってくれたの。それで食事になると、下でマグレブ人たちが舗道の工事をしていたわ。大きな手拭いで顔の汗をぬぐっている人もいた。マダムがそれを見て、眉をつりあげ、その嫌悪にみちた顔を同時に夫に向けてこう言ったのよ。《何て汚らしいの、あのアラブ人ったら！》。すぐにこう言い返したわ。アラブ人はお祈りのため日に五回も身を浄めるのに、フランス人ったら週に一回だってお風呂に入らないじゃありませんかって。ほらね、そういうこともちゃんと知ってたのよ！　つらいことはすべてエディット・ピアフの歌が忘れさせてくれた」

　ゾフラはそう言って壁の写真にやさしいまなざしを投げた。

「Sさんのところにはほんの少ししかいなかった！　それから工場で働いて……」

「そう」と従妹が額に皺を寄せて答えた。「セイ〔仏有数の砂糖のメーカー〕の砂糖工場で。パリの真ん中、リケ通り〔市内北。十八区と十九区にある通り〕にあったわ。それから十三区のナショナル広場へ移転したわね。ちびくろサンボみたいに扱われたわ。《おい、ファトゥマ、おまえ、看板見ろ》って。字が読めないと思ってたのね」

「ファトゥマ」と言ったとたん、ゾフラの鋭敏なまなざしが激しさを増した。

「何一つ忘れてないって言ってちょうだい！　お願いよ。私たちは読み書きができないかもしれないけれど、でもなぜそうなったのよ。ほかの人たちより頭が悪いなんてことはない。だからこうやって商売できるんじゃないの。それにミュリエ通り〔パリ二十区〕にいる頃、私の母が私と夫と一緒に暮らしていたの。私が結婚を承諾したとき、夫はビヤンクールのルノーの工場〔一九二九年から九二年まで、ブローニュ＝ビヤンクールのセガン島にあった戦後フランスの経済成長を象徴する一帯〕で働いていた。つまり組立ラインのロボットだったわけ。三十年間もずっと同じ仕事をしてたわ。野心なんてなかったのね。おとなしくて、工場長が怖くて、それにいつか郷《くに》に帰ろうとずっと思ってたんだわ。私が商売を始めたいと言ったとき、全然聞き入れなくて、とりわけフランスで店を買うなんてだめだって聞かなかった。だから、フェリーでこっちに来たときにまだ手元にあった宝石を売ったのよ。それに補助金の支給がなくならないように母親の名義で店を買ったわ。読み書きはできないけれど、そういう頭はついてんだから」

ゾフラは何度も人差指でこめかみを叩いた。一方ラーディヤはあんぐり口をあけ、感嘆のまなざしでゾフラを見ていた。

「というわけでカフェを開いたの。野心があったのね。フランス女性のように生きたい、素敵なダイニングが欲しい、シャンデリアが欲しい、フィリップスのショージ機だって。そうなのよ。それに同時に子育てだってしたんだから。八年間で七人も！　カフェのせいで、そりゃ十分に面倒をみれたとは言えないけど。どちらかを選ばなきゃいけない。子どもの面倒をみるだけじゃいやだったし……それにツケでパンを買うのもいやだった。ある日、長女のマリカがフランス人の店の棚からブドウを一房盗《と》ったことがあった。店主は娘を平手打ちし、アラブ人はみんなドロボウだって言ったのさ。そのときは自分にこう言い聞かせたの、死ぬまで働こう、一房じゃなくてかご一杯にブドウを娘に買ってやれるまで働こうって」

ゾフラは自分への誓いを果たした母親の満足げな様子で店のなかを見わたした。

「もう六十を越えて、今は娘のマリカが仕切っているの。マリカの娘、ファリーダも手伝いに来るのよ。でも私はいつも店にやってきて手を貸している。ラーディヤだってそう」

ゾフラは横目でちらっとラーディヤを見て、頷くのを待っていた。

「そうよ！　とくに私には子どもがいなかったからね」と、ラーディヤが言葉を継いだ。

「私の子だってラーディヤの子だって、同じことよ！」

ラーディヤは何も言わず立ちあがった。コーヒーを二人分淹れて私たちの前に置いた。

「ねえ、お姉さん、私たちが必死で生き抜いてきた苦労は想像できっこないわよ。もし話を聞いたなら、泣いて泣いてハンカチ一枚じゃとても足りないくらい。アルジェリア戦争って言えば、ＭＮＡとＦＬＮのあいだで激しい抗争があってね。二つのあいだに挟まれて、私たちはどちらの足で踊ればいいか分からなかったくらい。セーヌ川に投げ込まれた屍体も見たよ！　お金もうんと徴収された！　ある日、ミュリエ通りの家だったけれど、誰かがドアを叩いたのよ。大きな刑事が三人。サイードっていう男を捜していて、うちの知り合いだったのさ。運よくラーディヤの部屋にいたの」

「そう、本当の話。サイードはクスクスを食べ、それからオレンジとコーヒーでくつろいでいたんだから」

「その食事のあと、サイードは例のドアの前まで降りて行ったのよ！　子どもに何かあったら恐くて、そんな人知らないって三人の刑事に言わなきゃならなかった。想像してみてよ！　でも子どもはみんなフランス生まれだし、フランス人と同じに育ったから。ただ、子どもたちの国はアルジェリアだよ。ねえお姉さん、アルジェリアはほんとにきれい、特に南はね。ただね、あっちでは暮らせないってわけ。ヴェールにしたって私たちは慣れてないからね。それに子どもたちはここで生まれているのよ」

有無を言わせぬ口調で、ゾフラは両手を動かして話す。左手に青い十字の入れ墨があるのが見えた。私の視線に気づいて、すぐこう説明する。

「そう、アルジェリア南部の生まれよ。手に珠みたいなもの、ヒヨコ豆が一粒ついてたの……」

「嚢胞《のうほう》でしょ」ラーディヤが物知り顔をして割り込む。

「ノーホーって何？　珠でもヒヨコ豆でもノーホーでも同じ！　薬草で何でも治してくれる郷《くに》の女の人が入れ墨をしてくれたのよ、ナイフの先端と針と目の周りに塗る黒い染料で。そのうちそれが青くなって、珠はとれたってわけ」

「嚢胞だってば」ラーディヤはゆずらなかった。

「つまりね！　手のひらに十字架をもってるの。私はムスリムだけれど！　宗教に対する自分の考えにぴったり合っているのね。カトリック教徒だって黄色い肌だってユダヤ人だってムスリムだって、何にも変わらないって！　みんな、人間って言うべきでしょう。一体全体、この殺し合いはどうなっているのよ？　私の言うことは間違ってるかしら？　ああ、ラーディヤ、何か答えてちょうだい、言いたいことがあるでしょ？」

ラーディヤは同意のしるしに力強く首を縦に振ったが、そのはずみにかぶっていたスカーフがすべり落ちて、ヘナで染めた真っ赤な髪の毛があらわになった。

「おやまあ！　今日は染めてきたんだね。またどうして？　いつもは週末じゃなかった？　それはともかく、アルジェリアにいたら私は二カ月で退屈しちゃうわよ、息が詰まっちゃう！　ここじゃ運よく、とびきりのフランス産のバターでお菓子を作れるんだから。うちの息子のお嫁さんはお勉強ばかりしてたから、台所じゃ何の役にも立たないの。いけてないのよ。お嫁さんが指を一本動かすあいだに、私だったら食事をすっかり支度するわ。それに同時にもう一つ別のことだってする。アメリカの連続ドラマ、あれ何ていう題だったっけ、あれを見ながらだって作れるわ」

「『愛の炎』〔一九八九―二〇一七年まで放映されたソープオペラ〕よ」とすかさずラーディヤが答える。「フランスにいるとき、この人パラボラアンテナを使ってアルジェリアのテレビ放送を聞いてるって、あなたには言ってなかったわね」

「そりゃ当たり前でしょ！　私たち移民は片一方の手はこっちにあるけれど、もう一方はあっちにあるんだから。その証拠に、空港でアルジェリアを出国するとき、税関を通過するとあと二時間でパリに着くって思うのよ。するととたんに息が楽になって元気になるの。子どもたちにとってはもっと大変でしょうね。うまく釣り合いをとるのがむずかしくて、そのせいでクスリに走ったり、エイズにかかったりする子がたくさん……」

　ここですすり泣いて言葉が詰まってしまった。ラーディヤが立ちあがってゾフラの肩をやさしく抱いた。何か慰めの言葉をアラビア語でつぶやいた。ゾフラは宿命《メクトゥーブ》を非難するようにため息をついて立ちあがりエプロンの裾で涙をぬぐい、それから調理場のほうへ行ってしまった。

「息子を二人、亡くしてるのよ」と小声でラーディヤが話すと間もなくゾフラが戻って来て、話はそのまま宙に浮いてしまった。

「まだ分からない、私には」涙をためた目でゾフラはため息をついた。「クスリとエイズが息子を奪ってしまってさ。ほんと、何でなの」大きく咳き込みながらもいつもの熱っぽさでこう続けた。「とにかくここでは死ねないし、ここには私のお墓を作ってほしくないわね。フランスのお墓に埋められるのはどうしてもいや。ねえラーディヤ、アルジェリアにお墓ぐらい買えるでしょう？　あっちだったら土地がある限り、お墓はなくなったりはしない。このフランスじゃ、死人の骨だけ残して取れるものは取れるだけ取って、お墓を売った挙げ句に別人をそこに埋めたりするんだから。だから私は、家族は皆、母親も父親も二人の息子も、みんな、アルジェリアに連れ帰って埋葬したのよ。叔父さんのときは費用がなかった。ここに埋めたわ。イスラーム教徒の墓地に。でもそれからずっと、お墓を掘り起こして叔父さんが追い出されちゃうんじゃないかって心配で心配で」

「そうよ、月日が経ってもうお金が払えなくなったらお墓から出されちゃうのよ。そのとおり」とラーディヤが心配そうに従姉をみつめながら必要以上に同意してみせる。

「とにかく、お墓から投げ出されるのが叔父さんの運命だったら、仕方ない、投げ出されちゃうのよ」と運命論者ゾフラが締めくくった。「アルジェリアにいるあいだに一息で死ねれば言うことはないけれど。でも、ここフランスで生き抜いていくのが運命なんだろうね」

客が一人、カウンターに近づいてきた。ゾフラの膝丈のスカートからは筋張ったふくらはぎが見え隠れし、カツラが額のところで少しずれている。ゾフラはありったけの笑顔を浮かべて大声で客を迎える——「ああ、あなた元気にしてる？」。そして私にこっそり共犯者の目配せをしてみせる。カウンターの後ろでラーディヤが下を向いて小刻みに動いて注文の飲み物を準備する。

カフェを出て、私は運河のほうへ歩いていった。ゾフラはフランスに溶け込むことを必死に試みたが、フランスの地に我が身を埋めようと願うまでには至らなかったのだ、と考えながら。

ファトゥマとアフメド――「ポーランド」の貨車

雨のなか、ベルギー国境からほんの数キロ離れた小さな町、キエヴルシャンの通りを車はゆっくり進んで行く。ワイパーに合わせて疼《うず》くように繰り返す音が、私を過去の時間へと、私が生まれ、子ども時代と青春時代を過ごしたフランス北部の小さな町へと連れ戻す。見るからに冷たい霧雨だが、記憶の片隅に追いやられた感覚とかつての思い出があざやかに甦る。ここもまた、同じ家がずっと並んでいる。赤い煉瓦造りの平屋、玄関前の小さな庭――一軒一軒の家が奇妙な既視感を与える。ようやくオテルリー通りにたどり着いて車を降りると、格子門のベルを鳴らしに歩くだけで髪も顔もすっかり濡れてしまう。幸運にもすぐに門は開き、アフメドが迎えてくれた。小柄で満面の笑みをたたえた男性だ。六十歳は超えた頃か、転ばないようにと小股でちょこちょこ歩いてくる。明らかに手編みと分かるセーターは、伸びて膝まで届くほどだ。色を合わせた毛糸の帽子で少し顔が見えなくなって、歳とった赤ん坊みたいだ。ゆっくり歩いて、私たちはようやく家のなかに入った。石油ストーブのきつい匂いが家のなかに充満している。

「ほら、彼女だよ！」とアフメドがか細い声で呼ぶ。と同時にファトゥマが姿を現した。夫の頭を少なくとも二つ分超えた大柄な女性だ。くすんだ色の長いプリーツスカート、丸首の白いブラウス、派手な色づかいのスカーフを頭に巻いて髪の毛をすっかり隠している。力強い顔立ち、頑丈な鼻、媚びることなくじっくり私を探り見る黒い目――ファトゥマは堂々と立っていた。握手する手には力がこもり、私を居間兼ダイニングと思しき部屋に招き入れた。

「コートを脱いで火のそばに来なさいな。さあこっちへ、ね！《クーア》」と命じる思いがけない北仏訛《シュテイミ》りは、ファトゥマの口のなか、部屋のなかで突飛に響く。身体は冷えきっているものの可笑しくもあり、ファトゥマを煩わせないよう言うとおりに従い、一方アフメドは私に駆け寄ってコートを脱がせ、そのあいだも、役に立って喜んでもらいたいという気持ちと称賛が混じったまなざしで妻から目を離さない。

「オチャ《テイ》を用意するよ、お茶《テ》を」アフメドは笑みを浮かべて大きな声で言った。何かを期待するように後ずさりしつつ廊下の奥へと姿を消した。その間、ファトゥマは部屋の真ん中にある石油ストーブに近い、栗色の人造皮革の肘掛け椅子に私を座らせ、自分はストーブを挟んで向かい合わせの同じ椅子に腰掛けた。少し距離を置いてもの言わず私をじっと見るファトゥマは、台所から届く食器のぶつかる音を聞き入っているように見えたが、そのとき、玄関そばの電話が突然鳴った。一瞬にして顔と目が輝き、すっと立ち上がった。「一番上の娘、シェヘラザードから、だよ！《クーア》 ストラスブールから」私を一人にするのを詫びるようにこう叫んだ。

ファトゥマが電話へ駆けつけていくと、食器の音が止んでアフメドの頭が見えたので、私たちの会話を聞いていたのだと分かった。大きすぎるセーターはそのままだったが、毛糸の帽子はもうかぶっていないので立派な両耳がしっかり見えた。頬っぺたとほぼ横並びだ。「誰かな？《シュクーン》」受話器の向こうで誰が話しているのかすっかり知っているという様子で妻に訊ねる。ファトゥマはそれには答えず話し続ける。アフメドが電話のそばから離れないのを見て、いらっとしたのか、「あっちへ行ってよ！《アャーエムシ》」とつぶやいて、いなくてもいいとすばやく手で合図した。

「寒くないかい」私を見ずにアフメドが聞く。ばつが悪そうにちょっと笑うと、耳の大きさがことさら強調される。そしてまた、台所へ戻っていった。

部屋のどこに目をやっても、ソファーも椅子もテーブルも飾り棚もテレビも、飾りの敷物でびっしり覆われ……それも真っ白で糊がかかったもの、刺繍入り、レース編み、ビニール製と賑やかで、元の木肌をさらした家具など一つもない！　おびただしい数の陶磁器の置物が、パステル調、甘いブルー、お菓子みたいなピンク、水色と緑色、薄紫色と、そこかしこに置いてある。貴婦人や田舎娘、鹿や犬、枯れることのない造花の花束がどれも敷物のうえに鎮座している。重そうな銅の振り子を揺らすどっしりしたピカピカの置時計が二つ、もうじき午後三時になることを告げていた。それと同時に、「おいしい煙草《ジェ・デュ・ボン・タバ》」〔十八世紀から歌われている仏の童謡〕のメロディーの繰り返しとクラシック音楽の一節を鳴らすチャイムがぴったり重なった。ファトゥマが受話器を置き、ハミングしながら戻ってくると、台所に向かって大きな力強い声で「シェヘラザードは土曜には帰らないって。市長の代理をするんだって。私たちがあっちへ行くってことよ！」。ハミングしながら、石油ストーブを挟んだ対面の椅子に戻った。

「四年前から娘は一緒に暮らしてないの。ストラスブールにいるの。いい仕事についたのよ。市長の補佐にね。市長がいない時には娘が代理するんだと思うよ、そうだよ《クーア》！」

　満足と誇りが混じった笑みを浮かべた。

「ああ！　シェヘラザード！」と叫んで、立てた手のひらの小指の側でテーブルを叩いた。「彼女には厳しくしたのよ。学校ではしっかり勉強しろってしょっちゅう言い聞かせてた。朝に《勉強しろ！》、夜に《勉強しろ！》、いつだって《勉強しろ、学校に行けて何て幸せなんだ！》って言ってたね。私と同じ苦労は娘にさせたくなかったから、アルジェリアで十歳の頃、ショクミンシャの家で女中になったことを繰り返し話したね。何でも屋の女中よ。朝の七時から夜の十時まで、奥さんは私に家のことは何でもさせた、床だってワックスを塗ってぴかぴかにした。ちょっと手がすくと、鶏や鴨、それに豚にだって餌をやらなきゃいけない。そう、豚にもね！　それなのに一日二フランのお給金！　ああ、私はいっとう上の子どもで下にはあと六人。それにショクミンシャは意地悪で、奥さんはいつも私を杖でぶつのさ、ぶたないのは教会に行ってるときだけ」

　そのとき、アフメドが小さなトレイを持ってきた。上にはピンクの小花を散りばめたコーヒーカップ一式とビニール製の大ぶりな敷物。テーブルに置いて、カップにコーヒーを入れ始める。と、何か忘れたのか急に台所に戻って、マドレーヌの袋を誇らしげに持ってきた。

「そう、それでね」アフメドが行ったり来たりしていることには無頓着にファトゥマが続ける。

「惨めなことが山ほどあった。屋根のない掘っ建て小屋で一家八人が暮らしていたの。雨が降るとね、私たちの頭のうえに降ってくるのよ、だから水を拭き取らなくちゃいけない。父親が重い病気になって、ちふすだよ、きっと、それで母親は泣きっぱなしで。それで《母さん、なんで泣くの？》って聞いたら、こう答えたの。《どうして神様はつらいことばかりくれるんだろう。コーヒーもない、牛乳も、パンも。どうして畑からキャベツを盗んでこなきゃいけないのか。どうして？》。私は何にも答えなかった、水と涙をぬぐうだけだったよ」

　アフメドが頭を振ってため息をつく。マドレーヌの袋を必死で開けようとするがうまくいかない。袋は破け、中身は床に散らばりテーブルの下まで転がり落ちる。急いで四つん這いになってそれを拾おうとする。顔は紅潮し、耳まで真っ赤になって部屋から出ていき、それからはそばに来てじっと待ったりすることもなく、台所から食器を動かす音がするだけだった。

「それであれは」とファトゥマはため息をつき、軽蔑するように壁の向こう側を顎でさして言った。「つらい生活を追っ払うことはできなかったの。うちの両親はずっと前から私の結婚を決めていたけど、あれとは結婚したくなかった、好きになれなかったから、それに私にはもっといい人がいたのよ、美男で金持ちで、頭の中で思い描いてるだけの内緒の相手だったけれど」とブラウスの襟を無意識に直しながら、声を和らげもせず続ける。「ああ、でも、あれもちゃんと分かってるのよ！」と辛辣に叫ぶ。「シェヘラザードだって知ってる。私たちは恋愛結婚じゃないって言ってある。愛はあとからついてくるもの、子どもが生まれてやむなく出てくるものさ。だからシェヘラザードには口を酸っぱくして言い続けた。《シェヘラザード、学校ではしっかり勉強しなさい。とにかく勉強！》」

台所から聞こえる食器の音はすっかり止んだ。

「それで結婚したとき、あれに何度も何度も言ったの、結婚しても貧乏な生活から抜け出せないじゃないのって、それである日、あれは」と壁のほうを向いて言った。「私をフランスにイソウすることに決めたの。オランから船に乗って、マルセイユで汽車に乗り換えて着いたのがここ。外は真っ暗で、もう太陽を拝むなんてできっこないと思ったくらい。あれは朝から夜まで働いていたから昼間は顔を合わすこともなかった。製鋼所の機械の砂を集める雑役夫だったのよ。それで私は一日中、部屋にずっと独りで、ほんとに狭い、ほらあそこ、この家の玄関ほどもない部屋よ」

ファトゥマはふうっと大きなため息をつき、まるで暖まるかのようにカップを両手で持った。

「一九五七年に息子をネンシンしたの。エンジニアになって、アルジェリアに戻った息子よ。一年中、三人で折り重なるようにして小さな部屋で暮らしたの。それから貨車で暮らした。知ってる、貨車って？　汽車の車両のこと、でも動かない、地面でレールの上に固定してあるから。隣りには別の貨車があって、ポーランドがいたっけ。最初はお互い何言ってるか分からなかった、あっちもフランス語は話さなかったから。それで私が一日中泣いていて退屈していたから、彼らの洗濯の手伝いをしたのさ、そのお返しに自分たちが持ってきた服や靴を私にくれたのよ。服は着れたけど、靴はだめ。いつも大きすぎるか小さすぎるか。ついてないったらありゃしない！」

観念した笑みがしだいにファトゥマの顔つきを和らげていく。

「それからお互い少ししゃべれるようになると、あっちはあっちの郷《くに》の、私はアルジェリアの話をし合ったの。あの人たちもつらいことばかりだった！　だから一緒に泣いたのさ。それである日、私は二人目をネンシンしたの、アルジェリアで医者をやってる息子。一九五九年三月十九日のこと、誰かが貨車をノックするの。入口を開けると知らない男が二人いて、こう言うのよ。

《おい、こっちへ来い！　旦那を呼んでくれ、FLNだってな》。あれは聞いてたわ。ぶるぶる震えて、口の中で歯ががたがたいうのが聞こえた。私のブラウスみたいに真っ白になってた。入口のそばに姿を現したばかりのアフメドを指して、《おまえだ、ちょっと来い！》と言ったのよ。でも私はこう言い返した。《この人を連れて行くんだったら、私も一緒に連れて行きなさいよ》って。それでポーランドのところに行って、息子を預かってと頼んだの、もし戻って来なかったら警察に知らせてって。夜中に小さな湖まで連れて行かれて、FLNに金を出さないと殺すぞとあれは脅されたけれど、私は言い返したのよ、あんたたちなんか怖くないし、お金は一銭も出さないわよって。胸に隠しておいた小さなナイフを出したの。それを見て、連中は私を罵りながら逃げて行ったわ」

　ファトゥマはため息をつき、何十年経っても夫の顔と耳が相変わらず青ざめるのを見ていた。

「私たちはそのまま戻れたけど、あいつらは私のことを《マルブータ》〔「留めた」の意。処女を守るため魔力で膣を封印された女性〕って言ってたわね。戻るとき、あれは私のスカートにもぐって隠れてたのよ。それから二日後の一九五九年三月二十一日の朝早く、あれがまだ仕事に出かけない時間に貨車を誰かがノックした。男が二人だったけれど前のとはちがう、私も知らない奴らだったわ。今度はこう言ったの。《おい、こっちへ来い！　旦那を呼んでくれ、MNAだってな》。それであれは、前より真っ青になってがたがた震える。私は連中についていって、ポーランドにはまた同じことを頼んでおいた。

小さな森に着くと《今月は石油が値上がりした》って言うんだ。私にはどうしようもないねって答えたら、《強い女だ！　女とは話してもだめだ！》って。でも奴らにもまたナイフをかざしてみせた。立ち去ったけれど、これまで聞いたことのない罵りを吐いてったね、この口から言うなんてとんでもない」とファトゥマは憤慨した。「そうですとも、私の娘よ、私はあれの命を二度も救ってあげたって言えるわ、二度もね！」と、ドアに向けて自信たっぷりに右手の指を二本立てて振りかざした。

そうだという合図にアフメドがうなずき、両耳の端がおじぎをしている。

「それから、沼での生活が続いて、そんなふうに貨車があった場所を呼んだのよ。シェヘラザードがそこで生まれて、それから息子が二人。彼女が生まれてすぐ、今あんたがいるこの家に移って、それもこれも市のソーシャルワーカーのおかげかもね。彼女は私たちのことをよく知っていてね。それは製鋼所の仕事を終えたあと、あれが彼女の家で庭仕事をしてあげたからさ。それで毎年ジャガイモが一トンも採れた。大した仕事だよ。ジャガイモが腐らないよう洗って、家の脇にある小さな物置に並べてしまっておくのよ」

「帰るときに見せてあげるよ」と、アフメドが会話に割り込もうとして口をはさんだが無駄だった。

「ある日」とファトゥマが何も聞こえなかったかのように続けた。「ワーカーさんに頼んだの、お金の数え方、もう少し上等なしゃべり方、フランス語の書き方を私たちに教えて欲しいって。そうすれば学校の親の集まりにも行ける、子どもたちの手伝いもできる、第一、子どもが自分たちみたいに、家畜みたいにならないようにって。だから、識、字、教、室、に通い始めたの」と一語一語をしっかり強調して叫んだ。「ああ、きつかったって、本当にきつくて大変だったの！でも」と突然顔を赤らめて言った。「言葉を相手にナゲラレルのが夢だったから」

ファトゥマは話を中断し、二つの時計が時を告げるのを——私はおいしい煙草をもっている《ジュ・デュ・ボン・タバ》……ディンドン、四時ですよ！——うっとりして聞いていた。頭を左右に揺らしながらリズムをとる。

「だから、その後で私は仕事を探したの、子どもたちのために、母親のことが恥ずかしくないように、それにいい教育を受けられるように。で、あれがものすごく嫉妬深かったから、ソーシャルワーカーは私に書類を書かせたのよ、家にいて子どもの面倒を見るようにって」

「そうしろって私が言ったんだ」とアフメドが小さな声で補足した。「妻が家で子どもの面倒を見るのに賛成だったから。でも、それが仕事だなんて知らなかった」、とまだ驚いているかのようにつけ加えた。そんなことを言い足しても何の意味もないというふうに、ファトゥマは肩をすくめる。

「そうやって子どもの勉強の手助けもできたし、ここにあるものは全部揃えたのよ。テレビだって」

ファトゥマは立ち上がってテレビに向かって歩き、大きな掛布を持ち上げてみせた。

「掃除や洗い物は手早く終わらせて子どもの面倒を見て、ちょっとでも時間があれば、これを見たの」と叫んでテレビの画面をやさしいまなざしで撫でるように見回す。ああ、素晴らしかった！『ダラス』〔アメリカの連続テレビドラマ〕が大好きだった、女優さんの着ているドレスも登場人物たちの愚かさも。『刑事コロンボ』もよかったわね、犯罪物はわくわくするからね。ラジオもよく聞いた。ファリード・エル・アトラシュ〔二十世紀エジプト音楽黄金期に活躍した男性歌手・作曲家〕が好きだった、私たちの悲惨な日々を歌う歌手。それに『私は故国を去った』を歌ったロミカール・マシアス」

「エンリコ・マシアス〔アルジェリア生まれピエ・ノワールのシャンソン歌手〕のことかしら」と私はほほ笑んで言ってみる。

「そう、それ！　モリコ・マシアス、よ《クーア》！　あんたはフランス語で言えるのね」

大股で自分の椅子に戻ってくると、顔の表情が暗くなった。

「最初はアルジェリアに帰るものと思っていたのよ、独立したんだから。フランスは私の国じゃなかった。働くためにここにいて、しばらくしたら戻るつもりだった。子どもたちにアラビア語を教えるのはすごい苦労だったね。アラビア語ができる司祭なんていなかったし！　それから時間が経って、医者とエンジニアの二人の息子はアルジェリア国籍を取って向こうで暮らして働いている。私は半々。ひと月かふた月、息子たちに会いに行って、でもそれ以上はなし。こっちに私の生活、私の家、それにもうじき支給が始まる年金があるから。それに市長補佐になったシェヘラザードとまだ勉強を続けてる二人の妹がいるからね」

「そうだね」と小さな声でアフメドが口をはさむ。「ひと月ふた月以上はだめ、なぜなら……」言いかけた途中で突然止まり、眉毛を吊りあげ、口を半開きにしたまま次に繋げる言葉が見つからないでいる。

私は立ち上がって暇乞いをした。ファトゥマは出会ったときより笑顔が和らぎ、よりくつろいで私を抱きしめ、シェヘラザードに会わせたいから土曜の十一時、ストラスブール市役所に一緒に行く約束をした。

ストラスブール、土曜の十一時。私は大勢の参列者で床板がきしむ結婚式の広間にいた。新郎新婦は感極まってお互いをみつめる。市長補佐が入ってきた。背筋を伸ばし、ぱりっとしたマリンブルーのスーツに身を包み、青白赤の三色綬をかけたシェヘラザードが式を執り行う。広間の脇に座ったアフメドとファトゥマはまるで新郎の縁戚のような面持ちで、市長補佐の動作を目で追い、一語一句聞き逃すまいと耳を傾ける。指輪の交換と署名がすむと、広間から次々に人が去って行く。ファトゥマは椅子にしっかり腰掛けたままだが、アフメドは転ばないよう注意するかのようにちょこちょこ小股で歩いて市長補佐に近づき、震える手でそっと三色綬をさわってみる。

アフメドの両目から涙がこぼれ落ち、ゆっくり頬をつたって流れていった。

ファトゥマは故郷の伝統を否認することなく、勇気と意志と希望によって運命の流れを変え、悲惨な人生と訣別することができた。学校こそがすべての力の源であるとファトゥマは考え、そのおかげで彼女の子どもたちは学業で輝かしい成績を収めるにいたった。しかし、その背後には、故国と受け入れ国のあいだの板挟みや、数々の葛藤が秘められている。

ジャミラ——埋葬の地

パリ市北西に続くピュトー〔パリ副都心部〕は、ナンテールとジェヌヴィリエ〔どちらもピュトーに隣接するパリ郊外〕を凌ぐ小丘を築いている。高層ビル、建造物、コンクリートの道路の大洋に、私のまなざしは消滅していく。草木の緑という緑が禁じられているかのようだ。ＲＥＲ線〔パリと近郊を結ぶ電車〕プレフェクチュール駅を出ると、すぐにマルスラン＝ベルトゥロ通りが見つかった。ところが番地を探すとなると、目を皿のようにせざるをえない。どの建物も皆、似ているのだ。寒いので足早に歩き、ゴミバケツの山を避けて迂回すると、運よく目の前の建物がそれらしい。あとは三階までのぼるだけだ。壁は半分の高さまで白いタイル貼りで、灰色の階段には特別なぬくもりは感じられないから、私はコートの襟をしっかり立てる。すっかり凍えきって、何度も足踏みして体を温めようとした。

ドアが開くまで長いこと待った。ようやくジャミラが薄暗がりのなかから、ローストチキンの焼けるいい匂いを従えて姿を現した。七十回以上も春を迎えただろうが、装いに気合いが入っているのが分かる。襟ぐりを金糸で刺繍した長い襞の絹のような薄紫のオリエンタル風ドレス、同じ色合いで揃えた光沢のある布地のバブーシュ〔先の尖ったスリッパ形の履物〕、それに合わせて凝って組み合わせた溢れんばかりの宝飾品が胸元を覆う――ルイ金貨〔旧二十フラン金貨を模した装飾品〕をいくつも鎖でつないだ首飾りを何連もつけ、揃いの耳飾りもみえた。手首には何種類ものブレスレットが重なって波打ち、指にはそれぞれにちがった指輪がある。この金ぴか姿の出迎えに私が驚いているのに満足しているのがありありと分かり、ジャミラは私をなかに入れ、何ら気取らずに私を抱擁して愛情一杯のキスをし、私のコートを脱がせて手に取った。「さあ、座って、私の娘！　廊下の奥よ」

　ジャミラは杖を使って歩く。歩くたびにリノリウムの床に杖の音が規則正しく響く。案内された廊下の壁にはずっと、画鋲でとめた絵葉書や家族の写真が連なっている。アパルトマンの居間兼ダイニングは、足の踏み場もない正真正銘のがらくた置き場だ。四脚の小さなソファー――二脚はオリエンタル風、あとの二脚は花柄の布張り――がそれぞれの壁を占め、一角には小テーブルが置かれ、上には大きさがちがういくつもの写真立てが。別の一角にはガラス張りのサイドボード。青と白のアラベスク模様や小花模様の陶器の食器がこれでもかと積まれている。真ん中にはテーブルと明るい色の木でできた椅子が数脚、それとひらひらフリルの花模様の布カバーの付いた肘掛け椅子が一脚。ソファーの布に合わせた重々しい二重カーテン。掛時計、置時計があちこちにいくつも、壁に掛かったり小物として置かれたりしている。

私のコートを椅子のうえに置くと、ジャミラは「どこでもお座り、私の娘よ！」と、ソファーに腰掛けるように気を遣ってくれる。小テーブルから写真立てを一つつかみ、肘掛け椅子の手すりに杖を置き、肩を動かしながら自分の体を椅子の一番楽な位置に落ち着かせ、ポーズを取ってほほ笑むが、着飾った衣装と相まって輝くばかりだ。かつては美しかったにちがいない。真ん中で分けた髪の下には白いものがたくさん見える。きれいな黒い目。小さな鼻。整った唇。それらは、歳月のもたらす衰えに挑むように気品と魅力を放っている。私に写真を差し出すと、その魅力的な腕の動作がたくさんつけたブレスレットを揺らせた。

「食事を用意したのよ。鶏をローストしたの。あとはフライドポテトを作るだけ。絶対に美味しいから！　でもその前に私の写真を見てちょうだい、フランスに来る前の写真よ」

四隅がぼろぼろになった色褪せた写真のなかの顔はジャミラと分かるが、インディアンの女のように長い三つ編みを垂らしている。

「十一歳よ！　ちょうど結婚したとき。その頃は痩せてたの。娘はできるだけ若いうちに親が結婚させる、そんな時代よ。私が十三歳になるまで待ってくれと、私の父親が義理の母になる人に言ったのを聞いたけど。でもね、ああ……！　分かるわよね」

ジャミラの頬が薔薇色になり、目の奥には皮肉な輝きが光っていた。

「結婚して半年後、中庭の床を洗って流していたら夫がやってきたの。これまで見たことのない、何か変な目つきで私をじいっと見るの。怖くなってベッドの下に隠れたわ。夫は私を追いかけ、足をつかんだ。ベッドに私を押し倒し、スカートを、それから下履きをびりびり破いたの。私に覆いかぶさって……」

ジャミラは目を閉じ、空気が足りないかのように息が荒くなった。咳をして胸に手を当てる。

「息してると、時々苦しくなるの」胸を何度も軽くたたいてみせて、それから長いため息をついて続きを話す。

「それで痛くて、血が出てて、きゃあって叫びはじめたの。義理の母が部屋に入ってきて、真っ先に私の血を見て、すぐ出て行ってユーユーの声をあげて近所に知らせたわ」

ジャミラは束の間話を中断し、出し抜けにこうつけ加えた。「あの人は私の鍋をこわしたんだから！」。あえて私と目を合わさないよう、彼女の目は写真に釘付けになっていた。

「しばらくして十六歳になったとき娘が生まれたの」と話に戻った。「夫が仕事を探しにフランスに来たのはちょうどその頃。二年後、バカンスで戻ってくると、今度は息子を妊娠したわ。それから二十三年間、夫の家にずっといたの。毎年ひと月、バカンスで戻るけれど、どんどん苛立ちがはげしくなるのがどうしてなのか分からなかったわ。私を殴りはじめたのよ！　ある晩――

娘は八歳でした――、娘が私の叫び声を聞いたの。私たちの部屋に入ってくると、私の顔に血がついているのを見たの。娘はその場に倒れました。死んだのよ！　あっという間に！」

瞼の縁に大粒の涙がゆっくりとたまり、頬をつたって流れていった。

「そう、あっという間に。私の運命ってそんなふうなのよ！」

ジャミラは何度も大きく呼吸をし、頭を肩にもたせかけ瞼を閉じた。血管が浮き上がった両手は、胴着をぎゅっとつかみ引きつっていた。

突然、周りにあった目覚まし時計や掛時計がいっせいに時を知らせる大合奏となり、私を飛び上がらせた。ジャミラはけらけら笑った。「ほら時間だ、私の娘よ！　ご馳走の時間！」。肘掛け椅子から辛そうに体を持ち上げ、杖をつかみ、助けは要らないと固辞して台所に消えて行った。すぐに油のぱちぱちいう音がして、ポテトを揚げているのが分かった。ジャミラはテーブルに皿を一枚とナイフとフォーク、大きなグラス一個と水差しをセットした。台所とテーブルを行き来するたび、杖をつく乾いた音が規則的に響く。よく焼けて立派で美味しそうな鶏とポテトを、誇らしげにもってくる。「これぞ本物」と説明が入る。ジャミラはへとへとだがうれしそうに私の前に座り、私がまずポテトを、それから鶏を一口食べるのをやさしげな目で見届けた。

「夫の家族と過ごして長い長い二十三年間が経ったある日、息子と一緒にフランスへ来いと夫が書いてよこしたの。飛行機代だと言って四千フランの為替を送ってきた。父や母と別れ、みんなが私を知っていて、私もみんなを知っている故郷の村もあとにして、オルリー空港で待っていた夫と合流したわ。着いたとき、私がつけていたスカーフと小さなヴェール、知ってるかしら、昔のアルジェリアでは皆つけていたんだけど、夫はそれを取りあげたのよ。フランスでは禁止されてるって言って」

ジャミラはもう一枚、私が証人だとも言いたげに別の写真を差し出した。

「見てよ、この長い髪の毛！　夜ほどくと、お尻まで届いたわ。それからタクシーに乗ったけれど、髪を隠そうと頭を両手でずっと押さえていたの！　外を眺める余裕なんてなかった、それくらい恥ずかしいことだったのよ」

ジャミラは両手で頭を覆い、それにつられて首の周りのルイ金貨の房がきらきら光った。

「それからタクシーが止まって、夫が《ほら着いた、ここがペトーだ》と言った。辺りを見回して、車庫の前に着いたことが分かったわ。タクシーを降りて、夫は私を車庫の奥に連れて行き、部屋を見せました。この部屋の半分の広さもない、汚くて真っ暗な部屋。窓がなくて鍵で開け閉めする整理棚がいくつも並んだ部屋よ。ガソリンの臭いがして、油まみれの毛布がかかったマットが地べたに敷いてあったわ。マットの脇には夫のトランクと木箱が二つ三つ、そのうえに鍋と縁の欠けた茶碗、それと汚れたコップが二個」

ジャミラは深いため息をつき、信じられないといった面持ちで頭を振った。

「夫が何をしているか分かったわ。タクシーの車庫の管理人。夜も昼も一日中。運転手たちが身の回り品を置いておく小さな部屋で寝泊まりしていたの」

私が食べ終わったのを確認して、ジャミラは立ち上がって台所に戻り、お茶の一式を載せた盆をもってきた。熱々のお茶を花模様の小さなカップに注ぐ。彼女の顔には深い痛恨の表情が浮かんでいる。

「息子はもう二十歳だったから、夫は手伝うようにって言いました。二人は朝八時に疲れきって戻ってきました。二人に場所を空けるため、私は外に出ていなくちゃならなかった。そこで気がついたのよ。一日中、車庫のなかで何をしていくんだろうって。それで隅っこの木箱に座って涙が出てきたわ。これがフランスなんだって！　こんなことのために、家族や郷《くに》を捨てたんだって！　食べるものをどうやって作ろう。台所なんてなかったから。そのうちわんわん泣いたわ。でもそのあと思いついたの。夫が寝る部屋に小さなコンロがあったって。夫が目を覚ましたとき、コンロを取り出して、車庫の脇の中庭に板を組み合わせてコンロを据えつけたの」

ジャミラの目に満足そうな笑みが光った。そして、肘掛け椅子に座り直した。

「夫と息子のために食べるものを用意することができて、気分がよくなったわ。次の日、手拭いで髪を覆って通りに出てみたの。女の人、男の人、それにお店も見た……すぐに戻ってきて、その夜は眠らなかった。歩き続けて、もう少し遠くへ行ってみようと思ったの。だから次の日、車庫の通りの角を曲がって、ペトーがどんなところか見てみたの。とくに、髪の毛をそのまんま自然にしている女の人がたくさん歩いているのを見たわ。自分に自信をもったわ。次の日の夜、もっと遠くへ、パリまで行こうって思ったの」

ジャミラはすっかり紅潮し、計算したように杖で床を叩いて鳴らし、さながらデビュー当時を回想するベテラン女優のよう。自分をどう演出するか知っているのだ。

「次の日、髪を編んで、車庫の通りを曲がって、たくさん歩いて地下鉄のところまで行ったわ」

ジャミラは恍惚の表情を浮かべる。クリスマスツリーにうっとり魅入る子どもの目だ。

「ずっと歩いて行って、こう訊ねました。《シャンゼリゼまでいくら?》。そこには人がたくさんいるって運転手たちが話してるのを聞いていたから。窓口の女の人は親切だったからすっかり気分がよくて、財布を預けるのも恐くなかった。その人は小銭を取り出して数えて、《四つ目の駅ですよ》って言ったのよ。字が読めなかったからしっかり数えて、それでシャンゼリゼに着いたの。何て大きいこと、私の娘よ！　何て大きかったか！　一日中、きれいなものをじっと見続けて、目が痛くなったくらい。二日目には勇気を出してバーに入ってみた。コーヒーを注文したわ。親切なギャルソンが給仕してくれた。そんなふうにしてフランス語を話すのを習っていったの。たった一人でよ。毎日車庫に戻って、次の日は別のところに行ってみたの。動物園にも行ったわ、虎や猿がいたわね。駅の名前はもう憶えていないけれど、二十番目の駅よ。一番好きなのは、サクレ＝モン＝クール〔サクレ＝クール寺院のこと〕。十三番目の駅。教会のなかに入るのが好きなの。モスクに似ているから。もう恐くなんてなかった、フランスを知り始めていたから。すごく気に入って、ここにいるのがだんだん好きになっていった。もちろん、午後四時にはきっちり戻ったわ。夫と息子が目を覚まし、食べさせなきゃならないから。毎日、朝六時には夜の分の煮込みを作っておくの。でも昼間私が何をしているかって絶対しゃべらなかった。でもある日、自分に自信がついたから、勇気を出して夫に言ったの。車庫にはもう住みたくない、そのためにも私が仕事を探すのを許可してくれって。ペトーの役所に行って、学校や老人の家で食事を作ったり家事をする仕事を見つけたわ……そうやって、このパルトマン、それに宝石も手に入れたってわけ」

ジャミラは勝ち誇ったように、ほほ笑みながら私のほうへ身をかがめた。肘掛け椅子の手すりに杖を立てかけ、首飾りやブレスレット、指輪をしゃらしゃら鳴らしてみせた。

「働いているときだって宝石はつけたまま！　それに食事を出すのにテーブルで身をかがめるとき、お皿に首飾りが当たる音が大好きなのよ」

いたずら好きな少女のように高らかに笑い、部屋の小物を見わたした。

「私のお給料で、このきれいで立派な家具も食器も置時計も掛時計も、みんなみんな買ったんだから」

彼女のまなざしは、私には見せてくれなかったある一枚の写真で止まった。悲しみがふたたび、目を曇らせた。

「十年前、病気で夫が亡くなって」とため息をついた。「同じ年に息子も交通事故で亡くなった。それで、二人の亡骸をアルジェリアへ連れ帰ったの。そして思い出したわ、村にご意見番のおばさんがいて、私の顔に厄除けの入れ墨をさせろってうちの母親に言ってたのよ。顔のうえにしるしを彫られるなんていやだと私は断ったの。でも、子どもを亡くしたのはそのせいかもしれない」

ジャミラの息はひゅうひゅう苦しそうだったが、力をふりしぼって杖で全身を支え、身を起こした。

「五年前から運転免許の講習に通ってるのよ。夫は車を残してくれて保険もある、でも免許がなきゃ。むずかしいわね、ちゃんと理解して習って覚えなきゃ。字が読めないし、頭のなかにすっかり全部を入れられないことが何度もあるの。でも、きっと受かるって分かってる。運転できれば、また別の自由を手に入れるってこと。海にも行けるし、息子の嫁さんや孫を山にも連れて行けるしね。フランスが好きなのはそういうところ。アルジェリアに行くとどんなに自由がないか、想像できる？　一週間もいたらペトーに戻りたくなる。ペトーが好き。私が死ぬのはここ。アルジェリアに埋葬してほしくないわ。市長補佐のダニエルさんにその辺はすっかり説明してある。とっても私に親切で、全部用意してくれてるのよ」

ジャミラの表情からきっぱりした決意が読みとれた。ふたたび、かん高い金属音の大合奏が始まって、予期せぬ暇乞いの時を知らせた。ジャミラは杖を握ったまま、私を強く抱きしめた。彼女がアルジェリアのバカンスから戻ったらすぐ、また家に来てと念押しされた。車の免許は絶対合格するから、そのお祝いに来て、と。

ジャミラの近況と免許の試験結果を知るためペトーに電話すると、発信音を五回待って若い女性の声が答えた。息子の妻というその声が、私にこう言った。「ああ、神様！ 二週間前に亡くなりました。向こうで、義母《はは》の村に埋葬しました」。電話の声の主は、故人の最後の意志を誠実に尊重したと信じて疑わなかっただろう。すっかり動転して受話器を置き、私は思った。運命《メクトゥーブ》はジャミラが自由への道を少しずつ歩むのを許したのに、生まれ故郷よりももっと強く愛したこのフランスの地に眠りたいという深い望みを、叶えることはしなかったのだと。

Ⅲ　子どもたち

家族合流の一環として幼少時にフランスに来たか、あるいはこの地で生まれたマグレブ移民の子どもたちは、両親と同じように、彼らに対する政策の矛盾をまともに蒙ることになる。「〈移民第二世代〉という表現は、それまで存在していなかったものでした。実際、そのうち郷《くに》に戻るだろうとみんな考えていましたから」。こう説明するのは一九八二年、ジョルジナ・デュフォワ〔当時の家族省閣外大臣〕のもとでスラム街撤去対策に関与した神父で医師、フランソワ・ルフォールである。「時限爆弾を作ってしまった感じでした。問題が起こっているのにそれに気がつかなかったのです。第二世代の学業不振は顕著で、それゆえ非行に走る者が続出しました。移民の子どもはまだ存在していませんでした。もしちゃんと見ようとするなら、そういう子たちがいることに気づいたでしょう。学校の教師には分かっていました。けれどフランス社会はまだそれに気づかなかったのです。フランスの人口体系が大きく変わりつつあることを分かっていなかったのです」

母たちがフランスに来てから二年後の一九七六年〔ベンギギの誤記か。一九七七年に帰国奨励法が制定された〕、政府は移民、特にアルジェリア人移民の流れを逆にしようという意図で法律を制定した。バール＝ストレリュ法〔帰国奨励を制定した七七年のバール・ストレリュ法と入国滞在条件を強化した八〇年のボネ法。社会党政権で廃止〕はアルジェリア労働者の居住許可を更新しないというものであり、政府間の合意のもとに、まず希望者を対象に、次いでより強要的に帰国を奨励していった。当時の外務大臣、ジャン・フランソワ＝ポンセはこう主張する。「帰国希望者への援助はアルジェリア政府と共同で実施した制度の一つです。アルジェリア側には一定数のアルジェリア人を帰国させる制度に合意を求めました。フランスで生まれた子どもについては、これから除外しました」

マグレブ移民労働者の割合が多い企業では帰国を奨励して「移住用」事務局が設置され、出身国での社会復帰と住居探しの手助けをアピールしたが、これはまったく機能しなかった。フランソワ・ミッテランの共和国大統領選出後、一九八一年に移民担当閣外大臣になったフランソワ・オタンはこう回想する。「帰国奨励政策は完全に失敗だったと認識せざるをえません。この制度を利用したのはその必要がなかったポルトガル人やスペイン人で、帰国してほしい人たちは居残ったのです。制度は明らかにマグレブ出身者を対象にしていたにもかかわらず、彼らはほとんど利用しませんでした。それゆえ私は、帰国奨励制度を廃止したのです」

最初のこの失敗に別の失敗が次々と続く。仮住まい団地《シテ》で暫定的に暮らしていたマグレブ人労働者は、またもやこの安普請《やすぶしん》の住居に戻された。フランソワ・ルフォール神父は語る。「当時、私はフランソワ・オタンに面会し、こう訊ねました。《閣僚のなかで、スラム街、仮住まい団地、移民第二世代の若者に関心をもつ方はおられるのですか》と。答えはこうです――《いいえ、誰も》」

理論上では、各省間グループ閣僚であったジャン＝ピエール・ペルテュスが主張するとおり、「仮住まい団地に家族を住まわせるのは、ものを壊さない、騒音をたてない、ドアから汚水を放出しないことを教え、彼らの子どもをきちんとしつける目的からでした。そのために管理人、つまり現地人を知っているかつての主任軍曹のような者がいて、団地のなかの規律を取り仕切るのが役割です。管理人や警官に父親が殴られたり、人間扱いされないのを何度も見れば、子どもたちは、特に十七歳から二十歳の息子たちは反抗します。そういう光景を何度も見ました。子どもたちは言います。父親の体面が傷つけられたから仕返しをしたいのだと」

フランソワ・ルフォールは続ける。「アンドレ・ドゥセ仮住まい団地を造ったとき、《せいぜい二年……》と言いました。ところが二十年たっても、同じ家族が、子ども二人、五人、六人、それ以上の子どもも一緒に住んでいるのです。そのうち結婚して別世帯になった子もいますが、相変わらず同じ地域に住んでいる。アンドレ・ドゥセ団地の住民は百パーセント移民です。人種差別を誘発するゲットーになってしまったのです」

この時期はまた経済危機の時期でもあったが、失業、非行、麻薬取引が横行した。世論の一部はこの原因を移民のせいにし始め、フランスで生まれたこれらの若者は外国人でも移民でもなく、彼らがこれから少しずつ社会の新しい構成要員になっていくことを理解しなかった。行政機関もまた、フランス生まれの子たちが滞在許可証とアルジェリアのパスポートの両方をもっているために国内滞在を認めずに、彼らを一律にアルジェリアへ強制送還する対象とした。警察との強固な連携により、それが一番迅速で有効な解決法であった。フランソワ・ルフォールは証言する。「若者の自殺をたくさん見てきました。フランス行きの船に乗って戻ろうとして死んだ者もいます。コンテナのあいだにはさまって、見つかったときには遺体がすっかりひからびていたケースもありました。彼らはアラビア語が分かりません。出身国に適応できないのです。強制送還は本当にひどいものでした」

外部社会に拒絶された子どもたちは家族のなかに閉じ込もった。母たちは子らに帰国をしつこく言って聞かせた。一九八一年、左派が政権を掌握すると、わずかなあいだではあったが、自分たちはフランス社会によりよく受け入れてもらえるのではないかという幻想を抱いた。彼らはこう言いたかったはずだ――「私たちがここにいること、それをしっかり認識してほしい！　私たちに場所をつくって」。新政権は形ばかりの措置をとった。フランソワ・オタンは言う。「リヨンの移民の若者たちが強制送還に抗議してハンストを行なったとき、フランソワ・ミッテランが駆けつけ、大統領になった暁には滞在許可を出すと約束しました。私は懸念しました。というのも、リオネル・ストレリュがパリであった別のハンストのために同様の許可を出したことがあるからです。最初は十名でした。ところが最後は三百名分になりました。その数があまりにも多くならないかと危惧したのです」

一九八三年、マンゲット団地《シテ》に住むブールの青年、トゥミ・ジャジャは警官からひどい暴力を受けた。また、ボルドー＝ヴァンテミリア間の列車から一人のブールの若者が突き落とされた。この二件を発端に、マンゲット団地の主任司祭、ドゥロルム神父〔一九五〇年―。「マンゲットの司祭」とも呼ばれる「ブールの行進」先導者〕がハンストを行い、大統領選出馬時にフランソワ・ミッテランが約束した滞在許可の実現を要求した。「ブールの行進」〔八三年十月十五日から十二月三日まで行なわれた「平等を求め人種差別に反対する行進」の別名〕と呼ばれる暴力なしの平和的なデモの目的は、フランス社会全体が彼らに対して意識をもつように促すものだった。彼らの両親が「黙って働け！」としか言わなかったのに対し、子どもたちは社会の表舞台に姿をみせ、そして発言した。マルセイユを出発した行進は一九八三年十二月、パリに到着した。ドゥロルム神父は当時の行進を興奮しながら回想する。「あのブールの若者たちは行進をしながら次第に、ここで生まれ、ここで育った自分たちはまさしくフランスの若者なのだと、外国人の若者でも移民でもない、フランス国民を形成する一部なのだと意識していったのです」

　移民を両親にもつ子どもたちは在留許可証を取得することになった。期限五年だったのが十年に。また、それまで生粋のフランス人に加入を認定されないかぎり禁止されていた結社《アソシアシオン》の権利も獲得した。フランソワ・オタンは回顧する。「フランスで生まれた、あるいはフランス到着時に十歳になる子どもの強制送還を即座に禁止しました。移民に結社の権利を与え、彼らの居住と国外追放に関する法律を大幅に改善したのです」。元内務大臣の社会党ピエール・ジョクスは補足する。「一九七五年から八〇年という時期は、あらゆるものが移民第二世代に反するものでした。経済状況の急転、失業、オイルショック、外国人や移民をスケープゴートにした反動的な暴力の増加などです。八〇年代には、フランス人なのにそれを証明できないマグレブ出自の若者がたくさんいました。フランスもアルジェリアも行政手続きが複雑だったのです。彼らは移民扱い、不法滞在者扱いされました。ブールの行進がエリゼ宮〔仏大統領官邸〕に迎え入れられたのを機に、彼らの法律上の身分、そして心理的、社会的状況も改善をみたのです」

　一九八八年から一九八九年にかけて、あちこちの教育施設で起こったイスラーム式スカーフ事件は、マグレブ系住民と、すでに疑わしい目で彼らを見る社会とのあいだにできた溝をさらに深いものにする。イスラームのなかに、両親や社会が答えてはくれない問いの答えを見つけられると思った若者が数多くいた。アイデンティティと自己認識を追求することで、何よりもまず自分はムスリムであると規定する者がいる。一方、社会との距離や心理的バランスがとれず、学業で挫折してしまうと、失業の泥沼に入り込んでしまう。この出口なしの状態は、彼らを容赦なく犯罪や薬物へと陥れる。共和国の価値観にしっかりつながれているのが多数派だとしても、現在、フランス社会のただ中に彼らがいることを疑わしく思う者は少なくない。にもかかわらず、熱意と粘り強さをもって彼らは闘い、社会で成功し頂点をめざそうとしている。

ファリード――仮住まい団地《シテ》

シャンゼリゼとエトワール広場からほんの数キロメートル先にあるナンテール県庁舎〔オー・ド・セーヌ県の県庁所在地〕の方向に進むと風景は一変し、人の目を楽しませるものは何もない。一般道路、高速道路、団地、鉄道線路は複雑に入り組み迷路をなし、さらには地面にぱっくりと巨大な空洞をなすA14号線高速道路の工事現場もある。灰色にくすんだ日中の風景は、コンクリートを捏《こ》ねて造った灰色の建造物の陰鬱さを増大させる。現代のアリアドネの糸である市街図をしっかり携えて、私はファリードが待ち合わせ場所に指定した鉄道橋の近くへと近づいていく。車を駐車させ、水たまりをよけながら徒歩で行く。エンジン、クラクション、工事現場のピックハンマーの大合奏がずっとついてくる。鉄道橋のそばにじっと立っているファリードを見つけた。ジャケットなしの黒いベストが白いシャツを際立たせ、鉄道橋の向こうに奇妙な番人さながらに立ち並ぶ建物の一群をじっと見ていた。私に気づくと、素早く私を一瞥して握手を交わし、少し困惑した様子で自己紹介した。年齢は三十になったかならないか。髪をほぼ丸刈りに短くし、毅然とした顔立ちだ。黒い目はきらきら輝き、眉と目の間がくぼんで彫りが深い。一瞬、私の目と合ったが、ファリードのまなざしはすぐ鉄道橋のアーケードへと注がれた。

「ぼくが生まれたのはここ。かれこれ三十年前のこと」と、草がまばらに生えている一帯を指さした。「鉄道橋のすぐそばにアンドレ・ドゥセ団地《シテ》があったんだ」

しばし沈黙して、この団地の名から思い出せることを確認するかのように私をみつめた。

「生まれてからずっと後になって知ったことだけれど、県庁のそばにスラム街のぼろ家がずっとあるのを当局は望んでいなかったそうだ。だから大急ぎで仮住まい団地を造ったんだ。ＨＭＬ《アシエレム》〔公共低家賃住宅〕に入る前の、六カ月の仮設住宅のはずだった。ぼくは十八年間いたけどね！　工事現場のバラックをご覧よ。かつての仮住まい団地だよ。段ボールと合成樹脂でできたちゃちな壁で、嵐がくれば家ごと揺れるんだ。ぼくたち一家は十人で住んでいた、両親と兄弟姉妹八人で。工場が近いから断水や停電はしょっちゅう。団地の目の前、鉄道橋の向こうには、ぼくたちを待っている天国があった、クラスメートや生粋のフランス人の暮らす約束の地が。そう、ＨＭＬ。ああ、どれだけ夢見たことか！　十八年間、光の灯るＨＭＬの窓にうっとり見とれていたんだ。十八年間、仮住まいで暮らしていた。だから、仮のものがずっと続くってことが頭のなかに刻み込まれ、〈居住する〉って本当は何を意味しているんだか分からなくなってしまった」

私たちの頭上の橋を電車が通り過ぎ、馬のいななきに似た金属音が静寂を破り、私は思わず飛びあがった。

「ほら、十六時三十四分」と聞いて私が時計を確かめたのを見て、ファリードは勝ち誇ったように叫んだ。「言ったとおりだね！」そして静かにほほ笑んでつけ加えた。「だからって何のメリットもないよ。上下二本の電車が十五分おきに通過するのを十八年間聞いてきたから。だから、考えなくても当たってしまう……」

ファリードは身をかがめ、土をひとつかみし、それをゆっくり指の間からこぼれ落とした。

「小さい頃、八歳か九歳だったろうか、学校へ行く前に、靴の泥をすっかり落とすことがどうやってもできなかった。この土を正当化するため、ぼくは広い庭付きの家に住んでいるんだって自分に思い込ませたんだ。ある日、授業で映画を見るって先生が言った。みんな、声をあげて喜んだ。そんなこと、学校じゃあなかったからね！　机のまわりをさっと片づけて、カーテンを閉めて、うっすら暗くなった教室のスクリーンにタイトルが現れた。ぼくは感激のあまり身震いしたよ。すると突然、板張りの小屋やうす汚れた子どもたちやゴミや泥、山積みのタイヤやひしめく蠅が映った……まさに悪夢さ！　クラスのみんなは、僕のことを映しているんだって思ったにちがいないね。すぐ机の下に隠れたよ。恐怖と恥ずかしさで死にそうで、消えてしまいたかったよ。それからナレーションが聞こえた、これは「第三世界」と呼ばれる南アメリカの話だってね。でも映画の第三世界が団地そっくりになるには、足りないものが二つある。鉄条網と警官さ！　鉄条網はいつも刑務所にいるような気にさせた、一つしかない団地の入口に〈立入禁止〉とか〈静かに！〉とか、看板がかかっていたからなおさらだね。昼も夜も警官が入口を見張っていた。ぼくが生粋のフランス人の友だちに話すのを警官の一人が見ると、そいつは友だちに駆け寄ってきて、こう言って脅すんだ。《きみが団地のアラブ人としゃべったとお父さんが知ったら、どうなるか知ってるだろう！》。あれほどの憎しみをもって何を見張っていたんだろう、あの特別編成の警官たちは！　僕が今分かることは、制服を見ると、それが郵便配達の制服でも、反射的に恐怖を感じたってことさ」

こう告白すると、ファリードは一気に老けこんだ顔になった。目は相変わらず輝いているのに。

「子どもの頃を思い出すと、たとえば父は夜に家を出て、夜に戻ってきて、一緒にいられる唯一の時間は日曜だけ。どんな仕事をしているか知らなかった。でも、ときどき自分で言っていたように、高速道路A1号線やかつてのB3号線の工事に関わったことを誇りにしていた。もし父が生きていたら、A14号線の工事にきっと喜んで加わるだろう」

やさしそうな微かな笑みで彼の黒い瞳が輝いた。

「父にとって成功とは、立派なスーツ、ズボンにはぴしっと折り目がついて、きれいな色のネクタイ、それにピカピカの靴。ぼくが十五歳の時だった、一年かけて少しずつ、ほんとに少しずつお金を貯めて、やっとリーヴァイスのジーンズが買える額になった。回収用の瓶や銅の破片を集めて売って、やっと貯めた百五十フラン。ずっと夢見ていたんだ、それを買って、格好よく履いて、団地の仲間たちに見せてあっと言わせるのをね。ついにその日がやってきた。すべて思い描いていたとおりに進んだ。日曜日、出かけようとしたとき、普段は僕のことなんか見もしない父が呼び止めた。《何だ、それは？　後ろについたラベルみたいなやつ？　そうしろと学校で習ったのか？　そうやってフランス人みたいにしたいのか？　店でお前はさんざん馬鹿にされただろう。ほら、ここに来い！　じっとしてろ》。そして父は怒りと屈辱で頭をふりながら鋏《はさみ》をもってきて、ぼくのジーンズで一番価値があるところを全部切り取ってしまった。字が読めないから、愚かで下劣なことが記してあると思ったんだろう。何の価値もなくなったジーンズ姿で外に出て行って、これがリーヴァイスの本物のジーンズなんて誰にも言えなかったよ」

寒かったので、ファリードはたくし上げていたシャツの袖を手首までおろした。

「母はどうだったかというと、父に合流してここにやってきたとき、フランス語は一言もしゃべれなかった。最初はスラム街、それから仮住まい団地で、たった一室で子ども十人が詰め込まれて暮らしていた。母はみんなが外からひきずってくる泥を払って、父がもってくる二人分の食料で一家十二人に食べさせていた。ずっとそんなだったから、母の頭のなかでは現実がすっ飛んでしまったんだろう。独り言をずっと言っているのをよく聞いたよ。たいした出来事も特に変わったこともない毎日を繰り返し、単調で同じような週の連続のなかで、運よく毎月第一水曜が母の〈外出〉の日だった。ナンテール市役所に母を連れて行くのがぼくの役目だった。その日はフランスに来るとき船でかぶっていた緑とオレンジ色のスカーフ、紺のスカート、いろんな色の格子柄のジャケットをトランクから取り出して、いつも同じ格好だった。手はヘナで茶色い模様がびっしりだったよ」

ファリードは顔を赤らめてうつむき、こう打ち明けた。

「母と一緒にいるところを誰かに見られないかって恐くて、いつもこう言ってたんだ。《母さん《イエマ》、ちょっとゲームしてみようよ。ぼくはこっちの歩道を歩くから、母さんはあっちの歩道を歩いて！　どっちが先に市役所に着くか競争しよう》。こんな事を今言うのはほんとに恥ずかしいことだけれど、母は疑いもせず、笑って応じた。市役所の前に着くと母は泥だらけの靴を脱いで持ってきた野菜かごに入れて、くたびれたバブーシュに履き替えて、ぱたぱた音をたてて窓口まで行って、ＨＬＭの入居申請書類はどうなっているか訊ねた。担当者の答えはいつも同じだ。《書類は保留中。割当枠を超えているから……》。それでまた、ぱたぱた音をたてて戻って、また翌月に出直しだ。ぼくたち一家の書類が割当枠に入るまで十七年と六カ月かかったよ！」

人をたたきのめすようなこの不運を一瞬思い返しているようだった。陰鬱な表情が顔を覆った。

「その間ずっと、ぼくは鉄道橋の向こう側、目の前にあるＨＬＭを眺めて過ごした。ある日、クリスマスの頃、父に樅《もみ》の木を買ってと頼んでみたんだ。ＨＬＭのあちこちの窓から見える飾り玉や光るモールがついたやつ。そしたら父はこう言った。《何だって、おまえはフランス人になりたいのか、えっ？　羊だけじゃ足りないってか？　管理人の奥さんのコレットさんはクリスマスに羊を欲しがるかって？》」

こう言って話をやめ、電車が通り過ぎるのを待ってため息をついた。

「団地の管理人はピエ・ノワール〔アルジェリア生まれのフランス人〕だった。ぼくを見るなり、自分の国、アルジェリアを失ったと、まるでぼくが悪いかのように、そればかりを繰り返していたよ。ぼくに会うといつもこう言った。《おい、モハメド！　おれの時代のアルジェリアを知らないだろう。フランスよりずっときれいだった。誓って言うぜ！　おまえらの野蛮な習慣であの国を一体全体どうしてくれた。お前ら貧乏人が！》。うんざり顔でいるぼくらにアラビア語で罵詈雑言を浴びせるんだ、いつも。《おい、モハメド、分かってるか、おまえに言ったことをちゃんと覚えておけ。ＨＬＭに入ったら、アルジェリア式は禁止だ。風呂場に羊を入れるなよ、便所《ヴェセ》にオリーブ油も流すな》」

管理人の口真似をして最初は笑っていたが、笑顔は止んだ。

「母とすれちがうと、こうだ。《おい、ファトゥマ、どこに行く？　掘建《グ》て《ル》小屋《ビ》に帰るってか、なあファトゥマ？》。からかいながら、ベリーダンスの振りをしてみせた。母はうやうやしい態度でぼくを見ながらこう言った。《ロジェさんの言うことをちゃんと聞かなきゃだめよ。ために なることを教えてくれるから、ロジェさんは。村で一番えらい人だったのよ、ロジェさんは》」

私たちは歩きながら車のそばまで来た。本当に寒くなってきたので、私はファリードに車に乗るよう提案した。気詰まりそうに長いことしぶって、ようやく了承してくれた。恐る恐る私の隣りに座ると座席で小さくなっていた。そして線路を迂回する道を教えてくれた。

「エレベーターとか浴槽とか！　驚きの話がごまんとあるよ！　アンドレ・ドゥセ団地の仲間と体を洗わなきゃならないときがあった。プールはぼくたちには高くついたから、ソナコトラに住んでいるマグレブ独身者の寮に忍び込んでときどきシャワーを使っていたんだ。集団で寮に住んでいる彼らはすごく奇妙だった。独り者で子どもも妻もいない。ちょっと目をつけられると、急いで駆け出して姿をくらましていたっけ。ぼくたちの尻を変な目つきで眺めていたのを憶えているよ」

ファリードが車を停めてと合図した。鉄道橋の向こう側、無数の窓枠をつけた建物が重々しく広がる団地の入口の前だった。

「夏が来ると林間学校《コロニー・ド・バカンス》の割当枠もやっぱりオーバーだったね！　でもやる気のある教師や神父

さんが団地の子どもたちに〈野生《コロニー・ソバージュ》〉学校を開いてくれたんだ。すごくのんびり過ごせたよ。周辺の住民に出くわすこともなかった。食料を買いに行くにもこそこそ隠れて行かなきゃならなかったからね。でもぼくが十八歳になった日に、ようやくいい知らせを受け取ったんだ。憲兵たちがバラックにどかどか入ってきて、ぼくはフランス人だと言うんだよ！　兵役につけってさ！　制服が恐くて嫌いだったけれど、笑いもせずまじめに、ぼくはこう訊いた。《で、割当枠は？》」

　ファリードは私を横目でちらっと見た。

「父が死んでから、ぼくは弟と妹を育てる役になった。三年前から会計士補佐をしているんだ。家賃を払って医療費も払って税金も払って……あとは移民が社会に溶け込む〈統合〉とか言うものに自分を組み込むだけかな」

　こう言った後、ファリードは車を降りてドアをばたんと閉め、運転席の私のところまで来て身をかがめた。

「明日は犠牲祭《アイド》のために、家族をパリから百キロも離れたところに連れて行くんだ。子どもの頃、団地でやっていた犠牲祭は素晴らしいお祭りだった、女の子は白いドレスを着て、男の子は子供用スーツに蝶ネクタイ。近所の家の戸口に列を作ってお菓子をくれるのを待っていた。それに小銭やキャンディーをくれる余裕もまだあったしね」

　少しノスタルジックになって、ファリードはさびしげにほほ笑み、そして肩をすくめて遠ざかって行った。

私はエンジンをかけたまま、しばらくそこにいた。四階の窓からファリードがさよならの合図をしているのに気づいた。その年、犠牲祭はちょうどクリスマスの時期に重なった。ファリードのすぐそばに、光り輝く樅の木が見えたような気がした。しかし、この団地からあれほどまでに夢見たHLMへたった五百メートルを移動するのに、ほぼ二十年待たなければならなかったのだ。ファリードは鉄道橋の向こうに広がるきれいな風景を目にする権利をやっと手に入れたが、私にはよく分かっている、いつまでも続く仮り住まいの身、そのトランクの荷解きに至るまでには、並大抵の苦労ではすまなかったと。

ムンシ──言葉の力

「すぐ分かるよ、家はピュトーのヴォルテール通りの一番奥！　間違えっこないさ、どれだけたくさんあっても見分けがつくって！」と、カビリー出身の歌手で詩人のムンシは言った。どういうことかと不思議に思ったが、その通りをずっと行って終わりにさしかかる頃、歩道から少し引っ込んだところに一軒の家を見つけた。最近建てられたとすぐに分かる。バルコニーが異様に狭く、それがポイントの設計なのだろうが、とりたてて奇異な感じもしない。すぐその隣りに、黄ばんだ蔦《つた》がひび割れた壁をびっしり覆う建物が現れた。数歩進むともうそこはパスツール通りの角で、この建物の別の壁面が現れた。蔦ではなく白カビが覆う四階分の壁。鎧戸がついた窓はほとんどなく、あっても無残に垂れ下がって用を足さない。その他の窓は木の板で粗雑に十字に釘付けされている。半ば朽ちた入口の扉は地下室と思えるほど暗い小さな中庭に通じている。戸口に進んでぐらぐらする扉を押すと錆びた蝶番をきしませて全開し、私は小さな中庭に出た。建物の内部もこれと同様の壁。太陽アレルギーのごとく日が当たる半分の高さまで黴《かび》が生えている。庭の奥に外付けの階段。欠けたステップにかけられた色褪せてぼろぼろになった絨毯は、糸が擦り切れ無数の傷痕のように見える。辺りが発するむっとこみあげる臭い、糞尿がまじった臭いが喉を締めつけ、息ができないくらいだ。

　ちょうどその時、階段を揺らしながら大声で話す男たちの声がして、白髪の老人が現れた。快活ともいえる足取りで階段を降り、片方の手にはビニール袋、もう片方には格子柄の買物袋を下げ、「気をつけて《バレク》！」と叫んだ。続いてもう一人がゆっくり降りてきた。まず靴と黒い革のズボンとそれに合わせたジャケットが見えた。やはり同じ黒い革のハンチング帽が髪の毛をすっかり覆っている。ムンシはほほ笑みながら現れた。四十歳前後だろうか、魅力に溢れた顔立ちをしている。私に近づくとたっぷり愛情をこめて抱き寄せ、そして老人のほうは、これから野菜を買いに行ってゴミ箱を捨てなきゃと言って暇乞いをしている。するとすぐに、ふさがった両手のまま体をゆすって私に親愛をこめた合図をし、扉を開けっ放しにしたまま通りに消えていった。

「ここにはもう戻らない！」老人が立ち去ったあと、ムンシが興奮気味に声をあげた。「三十年以上前にここを出て、この建物は相変わらず惨めな状態のまま立っている。それにまだ数人の住人もいるんだ、彼みたいにね。役所が代わりの家を見つけられないから、水も電気もなしにここに住み続けているんだ。昔の思い出どおり、すっかり同じまま、臭いもね」

ムンシは私の腕をやさしくつかみ、階段の絨毯と私たちの鼻孔のあいだに適当な距離を取るように私を誘導した。

「七歳でフランスに来るまで、僕は生まれ故郷のカビリーの小さな村で女たちに囲まれて育ってきたんだ。母、祖母、叔母たちと一緒に。果物と花と、それと料理の混ざった匂いのなかでね……」

そう言ってあらたに、階段から絨毯、染みだらけの壁、木の板をはめつけた窓を見やり、穏やかな澄んだそのまなざしを私に向けた。

「ある日、母が僕に言った。アルジェリアで起きている戦争、テロや爆弾、ありとあらゆる暴力を避けるため、フランスのパリ、父のそばで暮らすようにってね。ものすごくうれしい知らせだった。パリって、僕にはぴかぴか光り輝く立派なエッフェル塔のことだよ！　マンスール叔父さんと船で郷《くに》を出た。朝早くマルセイユに着いて、そこから汽車に乗ってパリに到着した。どれほどわくわくしたことか！　どれほど感動したことか！　ところが突然……ぼくが着いたのはナンテールのフォリ通りのスラム街。目の前にあるのは、金網に囲まれた空き地にトタンと木の板と箱で造ったバラックの集落、タイヤで屋根を押さえたものなんだけど、それに至るところに泥の海。どろどろで粘ついてむかつく、そのなかに靴がすっぽりはまって、鼠がうろちょろ走り回り、ものすごく太ったやつで猫だって食っちまうとみんな言ってた、子どもたちはスラム街のすぐそばにあるゴミ溜めの汚物の山で遊んでいたんだ……」

　こう話しながらムンシは中庭にある小さな腰かけへと私を連れ、壁に背をもたせて座った。

「父のバラックは市のゴミ溜めに面していて、すぐ隣りの二軒のバラックは物売りだった。一つは肉屋で、ぐらぐらする板のうえに蝿だらけの羊の頭がいくつものっかっていたっけ。食料品屋の台にはトマト缶、瓶詰めの油、それにジタン〔仏のポピュラーなタバコ〕の箱。ぼくらにとってそれは唯一遊べる格好の標的で、石を投げて落とすんだ！　でも本当に楽しかったのは、アイスクリーム屋がラッパを吹いてやってくる時だ。スラム街までわざわざ分け入ってくる稀なフランス人だったよ。ラッパが聞こえると子どもたちはみんな、彼をめざして走り寄るけれど、誰一人買える奴はいなかった。他の子どもたちと一緒に、アイスを積んだ小さな車についている、いろんな色をしたプラスチック製のアイスをうっとり眺めるだけさ」

　話を中断して、アイスクリームを欲しがるかのように目を輝かせた。

「ときどき、と言ってもめったにないけれど、肉屋の息子が一個だけ買うことがあった、けれど一度だって奴が食べきったことはない、腹ぺこの子どもたちが声をあげてわっと押し寄せアイスクリームに飛びかかって奴の代わりに食べてしまい、その後ずっと奴の目の前で指をぺろぺろ舐めていたっけ！　ぼくがナンテールに着いて何カ月か経った頃、ある晩、アルジェリア独立支持のための無言のデモを組織する集まりがあった。大人たちはずいぶん話題にしていたが、子どもたちは犠牲祭《アイド》のお祭りみたいなものだと思っていた。十月十七日がその日だった。ちゃんと理解するには幼すぎたけれど、それでも何日もずっと母親たちが泣き続けていたのを憶えている。髪をかきむしる女たちもいたよ。子どもたちは戻ってこなかったし、父親たちはセーヌ川に投げ込まれたんだ。あの恐ろしい日に起こったことを知ったのは、ずっと後になってから。事の真相はうやむやなままだ」

　ムンシは私にこのまま座っていようと言って話を中断し、少しのあいだ物思いに耽っていた。

「それから学校へ行く道路の壁には、あらゆるところに落書きがあった、《ＯＡＳ》〔アルジェリア独立に反対した非合法極右軍事組織。多くの殺人、テロを起こす〕、《ＦＬＮ》、《くたばれ、アラブ人《ブーニュール》》ってね。こうした暴力的な言葉のすべてがぼくのなかで爆弾に変わっていった。三年間ずっとスラム街にいたんだ、実質的に見ず知らずで、日曜にちょっとだけ顔を合わせて、ビヤンクールのルノーの工場で車体塗装の重労働をするぼくの父親と一緒にね。ときどき叔父が訪ねてきて、船に乗せてくれた。ピュトーでホテルを経営していたんだ。その叔父の計らいで、父は工場に通うには遠すぎるフォリ通りからここに越して、他の住人と一緒の部屋に住んだってわけ」

　ムンシは目をあげ、私たちの真上にある場所を指さした。

「八人で一室。二階の狭い部屋で二段ベッド。各自にほんの少しのスペースがあって、かろうじて煮炊きできるコンロがあった。同室者にお互い気をつかって暮らす男ばかりの世界。むっとする汗の匂い、肉体労働とペンキと、煙草のヤニと灯油と練炭の臭いがまざってる。そこでは誰もが他人を尊重しなくちゃ生きていけなかった。スラム街を出たことを後悔するほどだったよ。あそこなら母親たちや女の子がいて、つねに女性の存在があったからね。十一歳のときのことだったかな、ある日学校で、確か初級第二年〔小学校三年生に相当。学年遅れの可能性がある〕だったけれど、先生がぼくたちに図工用の粘土をくれたんだ。担任の先生は信じられないくらいきれいな人だった、ブロンドで大きな青い目をして。粘土で好きなものを作りなさいって言ったんだ。ぼくはすごくうれしくて、小さなかわいいおじさんを作って、それにぴんと立った大きなペニスもつけた。心をこめてプレゼントするみたいに、できあがった人形を先生にあげたんだよ。彼女はぼくを見たけれど、その目は凍りついていた。ぼくは校長先生のところに連れて行かれ、教室を出るときは生徒全員のもの笑いと嘲笑の的になり、屈辱と恥ずかしさでいっぱいだった。思い出すのもぞっとするほど自尊心を傷つけられたね！　校長先生に怒られただけじゃない、父のホテルにソーシャルワーカーが訪ねてきた。女の人がこの場所に入るのは初めてだったんだ！　その人がここに来るのを見るのはどれだけ恥ずかしかったことか。彼女は部屋、ベッド、コンロ、ロープに吊り下がった男物の服を見て、ノートにぼくがしたことを全部書いて、それを父に説明するのをぼくは聞いていた。

教室で何が起きたか、ぼくがどんな暮らしをしているか、ぼくが問題児だってことを父に理解させようとしていた。父の背中がいつもより丸まっているのが、後ろから見て分かった。それでこう言うのが聞こえたんだよ。《マダム、あれが二度と同じことをしないよう、あんたに誓います、マダム、あんたに誓います！》〔移民労働者は職場で丁寧な「あなた」を使うことがないのでフランス語が間違っている〕。それで、書類にサインしなきゃならなくて、下手くそなバツ印みたいのをやっとのことで書いたんだ。その日からぼくは、この屈辱を拭い去りたいと思ったね。父がメトロノームのような規則的な動作で、目覚まし時計を掛けたり食事を用意しているあいだ、ぼくは一生懸命に宿題をやった。地理で習ったことを、できるだけうまく父に向かって読みあげた。《セーヌ川はラングル高地に源流をもち、ル・アーヴルを河口とする……》。父はぼくの知識に感嘆し、信じられないと言わんばかりに首を振って、こう言うんだ。《ほう！　すごいな、フランスは大きいんだな》」

ムンシの顔はほほ笑みで輝いた。

「それに青空から陽が射すことだってあった。まず、日曜日。父が青い作業服をたたんで茶色い格子柄の背広を着て、ぼくを公衆浴場に連れて行く日。二人で一室に入るんだ、そうした方が安上がりだからね。マルセイユ石鹸一個と《ドップ》〔仏の石鹸メーカー〕のシャンプーの小袋一つを二人で使う。父は清潔さに異常にこだわっていたな。にこりともせず《石鹸を使え》とぼくに言った。つやつやのきれいな肌になって浴場を出ると、野菜とハラール肉〔ムスリム用に処理した肉〕を買い、カビリー人がやっている小さなカフェに入るんだ。そこには理髪師や髭剃りがいて、髪を切り髭を剃ってもらいながらミントティーを飲んで、懐かしい故郷を離れた辛さをせつなく歌うダフマン・エル・ハラッシ〔アルジェリアの大衆歌謡シャアビを歌った、主に仏で活躍した人気歌手〕を聴いていたよ。そのあいだ、ぼくは白黒テレビのジョッシュ・ランダルがかっこよく悪党を倒すさまに魅入っていた。父たちがカビリー語の愚痴まじりの会話のなかで、『法の名において』〔スティーブ・マックイーンが主人公ジョッシュ・ランダルを演じた〕で正義がいかに悪に報復するか、耳をそばだてていたよ。マチステ〔イタリア映画『カビリア』に登場する怪力のヒーロー。六〇年代にシリーズで映画化される〕みたいな奴もいた。頭でバスを受け止める、単純でお人よしの力持ち。頑丈で広い肩、手をペンチみたいに使える大男だった。ぼくらを順化園〔ブローニュの森にある動物園〕に連れて行ってくれたっけ。鉄柵の前に来たら、柵をぐいっと壊して、それっ！　勝手に作った入口から全員なかに入ったよ。帰りの時間になると、またそこから外に出て、柵を元に戻すんだ！　映画館にも行ったっけ。仲間の一人が料金を払って、入口とは反対側の扉からみんなを入れるのさ。普段は味わえない、わくわくする気持ちだったよ。それに外の通りがあった。そこでは、信じられないほど生き生きして希望でいっぱいの、いつもとはちがう自分を感じられた。そしてこの宿泊ホテルのちょうど前、通りの向こう側にカフェがあって、ぼくは憧れながらうっとり眺めていたんだ。ぱりっと着こなしたマグレブの若い男たちがマスタングやランボルギーニのすごい車でやって来る。そのそばには必ずブロンドの女たちがいて、胸は大きくお尻も最高。彼女たちがつけてる香水の匂いを通りのこっち側から吸い込んでいた！　よくよく考えれば、髪は染めていたし、香水だってモノプリ〔大衆的なスーパーマーケット〕のだろうし、それにそんなに若くなかったかもしれない……」

　疑いをあらわす微かな笑いが、ムンシの黒い瞳を輝かせた。

「そんなのどうでもよかったんだ！　とにかく、彼女たちは綺麗で魅力的だった。車から降りてカフェに吸い込まれるように入って、すごい高さのピンヒールを履いて、頭をのけぞらせて笑うんだ。宿題を終わらせるとすぐ、ホテルの入口まで駆けつけて、何時間もずっと見続けていたよ。そんなふうにして、向かいのカフェのポン引きのお兄さんたちのお気に入りになったんだ」

　彼のまなざしは、私たちの真向かい、視界をさえぎる漆喰の剝げ落ちた壁にじっと注がれた。

「手錠をはめられてはじめて警察に連れて行かれたとき、父は呆然として何度も繰り返した。《おまえは一体何をしたんだ、どうなってしまうんだ》。護送車に座って、金網張りの窓から父のやつれた顔、曲がった背中、割れた黒い爪の節くれ立った手が見えたし、父とぼくとで不可触賤民みたいに暮らしていたみすぼらしいホテルの壁が見えた。父には限りない愛情を感じていたけれども、絶対にあんたみたいにはならないぞ、と父に叫んでやりたかった！　絶対に青い作業服なんて着るもんか！　三つ揃いのスーツ、シルクのシャツ、香水、それと美しい女たち。それがぼくの進む道だって決めたんだ。ポン引きになるって」

　彼の唇に恥じらいがちな、微かな笑みが浮かんだ。

「それからは、小さい非行から寄り道なしに大きい犯罪へとまっしぐら。将来の見通しなんてほとんどなかった。鉄格子の後ろで少しずつ、刑務所の壁に囲まれた陰鬱な風景と一体となって暮らしていた。でなければボードレールが言うような〈人口楽園〉の破滅的な幻影にずっと耽っていたのさ。ぼくが文学を発見したのは刑務所のなかでなんだ。ヴィヨン〔十五世紀仏の窃盗詩人〕がぼくを救ってくれた。彼の〈絞首刑人たちのバラード〉がね。たどるべき道をみつけたんだ、反抗心や暴力に走る激しさ、憎しみを言葉をとおして爆発させれば、罵りや怒りをわめくよりもっと雄弁になれるだろうって」

ちょうどその時、淡い太陽の一筋が厚い雲の重なりをつらぬいて、家の正面の黴《か》びた壁を照らした。

「陸軍士官学校を出た奴と同じように刑務所あがりだってことが、ぼくにとって大人の世界でのある種の勲章だった。『理由なき犯行』や『波止場』を何十回と見た。社会の脱落者たる主人公に自分を重ねてね。でも怒りと反抗を表現するには、身体に入れ墨を入れるだけじゃすまないってことは分かっていたよ。刑務所と貧窮の扉を開けて脱出するには、知性、理性、分析といったフランス社会がぼくには期待していないものを奪い取っていかないとだめだって。けれど、新聞の三面記事の類いから本当の文学作品を読むようになるには、何年も時間が必要だった」

そう言ってムンシは皮肉な笑みをちらっと浮かべ、すぐ真面目な口調に戻った。

「その頃、音楽の魔力を発見したんだ。オーティス・レディング、ジェームス・ブラウン、サム&デイヴ、アレサ・フランクリン……突然、アメリカの黒人はぼくらとおなじ身の上を生きてきたことが分かったんだ。彼らのハーレムはぼくのピュトーだってことが、おなじゲットーの生まれだってことがね。モハメド・アリ〔ムスリムになり兵役拒否したボクサー〕やチェスター・ハイムズ、リチャード・ライト〔ともにアメリカの黒人作家〕、誰もが父親が受けた屈辱の恨みを晴らしたかったんだ。ぼくら移民の子だってフランスにたくさんのことを与えてきたんだと思ったよ。ぼくたちだってこの啓蒙《リュミエール》の国の歴史の一部をつくってきたんだから」

と言い終わると同時に、バゲットの半分がはみだしたかごを持った小柄な老人が中庭に入ってきて、階段へと小股で向かって行った。ムンシが急に立ち上がり近づいて行った。

「おじさんのこと知ってますよ！」と興奮気味に叫んだ。「ブバキャールさんでしょ。ぼくのこと憶えているかな。このホテルに親父と住んでいたんだ、数年前に……」

「このホテルはマンスールっていうカビリー人がもっていたんだな、甥っ子がいたっけ」一生懸命に思い出そうとするかのように額に皺を寄せながら老人が答えた。

「マンスールを知ってるの?」明らかに興奮してムンシが叫ぶ。「ぼくの叔父だよ！　二階の部屋にぼくと親父が住む場所を見つけてくれたんだよ」

「マンスールは死んだよ」と小柄な老人は平然と答えた。「犬を飼っていて、すぐ噛みつく犬だったよ。ああそのとおり、甥っ子もいたな。マンスールは死んだよ」頭を揺らしながら老人が答えた。

「知ってるよ」とムンシが言った。「ぼくの叔父だったから」

「そうだ！　甥っ子がいたんだ、そのとおり。でも今は、マンスールは死んじまったよ。それにホテルの前のカフェ、あそこも駐車場になっちまったよ、そう、そのとおり」

小柄な老人はゆっくり階段へためらいがちによちよちと歩いて行き、ずっとおなじことを繰り返していた。「そう、マンスールは死んだよ。甥っ子がいたよ、そのとおりさ。どうしているかは分からないな」

面喰らってムンシは大きなため息をつき、老人が階段の絨毯をあがるのを注意深く見まもりながら、どうしようもないというふうに肩をすくめてみせた。私たちはしばらく言葉を交わさずに中庭にいたが、入口のほうへ向かって行った。外では厚い雲の一群が嵐の到来を告げていた。ヴォルテール通りを行く人影は稀で、皆家路を急いでいた。ムンシは私に別れのキスをし、やさしく私を肩に抱き寄せた。

「ぼくたち大都市周辺で育ったマグレブの子どもは、精神分析やフロイト理論の基本的な意味を見直さなくてはいけない。『オイディプス王』では父親を殺さなくてはならないけれど、ぼくたちの場合は逆だ、殺された父親を墓から掘り出さなくちゃ、生き返らせなければならない。ぼくらの父親は植民地主義、いくつもの戦争、それから移民労働によって社会的に殺されたんだ。殺すかわりに、ぼくら子どもは父親を生き返らせ、しっかり頭を上にあげさせなくちゃならない。立派な背広姿の写真を送って故郷の家族を安心させるように、父親たちが誇りをもって堂々と立っていられなくちゃいけないんだ」

　示し合わせの合図のように、ムンシは上の窓に目をやった。あの小柄な老人が彼の話したことをちゃんと聞いて分かってもらえたかのように。

ワヒーブ——大きなお兄さん

リヨン北東工業地区にあるヴィラールバンヌのジャック・プレヴェール中学校は、多くの郊外の中学校がそうであるように、風雨と工場の煤《すす》で黒ずんだ色の建物がつくる迷路を深く入り込んだところにあった。無彩色の風景に色を添えているのは、湿気や煙もおかまいなしに外に干された洗濯物、今にも窓から落ちそうな植木鉢の花、そしてどの建物の壁にも切り裂くように描かれた赤をメインにした無数のスプレーによる落書き。中学校脇のスタジアムに近づきながら、私は壁の落書きをチェックする。そのほとんどは謎かけのようで解読不明だ。まだ描かれたばかりのものには、地元で起こった事件の反響が分かるものもある——「おまわりは人殺し」「ハーレド・ケルカルよ、おれたちが復讐してやる！」「おれたちはみなヴォー・アン・ヴラン出身」〔一九九五年、フランス中を震撼させた一連のテロの首謀者とされるハーレド・ケルカルは追跡中にリヨン郊外で射殺される。ケルカルは幼少時にアルジェリアからリヨン郊外ヴォー・アン・ヴランに移住してきた。八〇年代初めから大都市郊外で移民系フランス人の若者による暴動が頻発するが、ヴォー・アン・ヴランでは一九九〇年に大規模な暴動が起こった〕

私はスタジアムにゆっくりと近づいていった。そこで、教師のワヒーブと彼が指導している若者たちと会うことになっていた。観客席の一番前に辛抱強く座って私を待っているワヒーブを見つけた。健康そうなまるい頬、にこやかな目、えくぼが際立たせている若さと対照的に、頭髪は少し薄くなり始め、無意識に鼻にかけ直すゴールドのフレームをしたサングラスが謹厳な雰囲気を醸し出す。白と黒のストライプのジャージをはおり、首にかけた紐の先のホイッスルが揺れている。立ちあがって人のよい様相で私に近づいてきた。微笑みながら、「彼の」生徒たちは少し遅れてくるが、そのあいだに自分の生い立ちを話しましょう、と言った。少し抑揚のあるアクセントで落ち着きのある声の持ち主だ。観客席に来て、すぐそばに座るよう私に言う。手の甲で私が座る席をはたいてゴミを落としてくれた。

「おれは一九六三年にアルジェで生まれて、六九年にフランスに来たんだ。当時六歳で、すごくうれしかったのを憶えているよ。父がフランスから村に土産やお菓子をもって帰って来るたびに、大騒ぎだった。みんなが英雄の帰還を祝福して、おれは誰よりも早く父のもとへ駆け寄ったっけ。見事な黒い口髭、背広と色とりどりのネクタイ——父は偉く立派に見えた。それから彼の手をとって土産をねだったんだ。いつも革靴一足に決まってたんだけど、サイズが合ったためしがない」

　ワヒーブはしんみりとした様子で微笑んだ。

「だから、祖母が泣きながらおれと母はフランスにいる父のところに行くんだよと言ったときは、人生で最高の日だった。人里離れた村の粗野な暮らしはおしまいだってね。一年のうち二カ月しか会えない父とずっと一緒に暮すことになるんだから。リヨン＝サトラの飛行場に着いたとき、どれほど誇らしかったか、想像できないよね。到着ロビーにいる人は全員、おれたちを待っているように見えたんだ」

　ワヒーブの笑みは、しらけてむっとした表情に変わった。

「でも、あの人たちはおれたちを出迎えにきたんじゃないとすぐに分かった。おれたちに一瞥もしないどころか、ぶつかって突き飛ばすんだ！　その後、母のヴェールのいざこざがあった。母はヴェールをとるのはいやだと言い、フランスにいる限り人目につくようなことは絶対しちゃいけないと父が言い聞かせても無駄だった。一時間以上もめた気がする。上着で頭を隠すことでやっと首をたてにふったんだ。おれはフランスがどんな国か見たくて見たくて我慢できなかった！すごかったのはタクシーだよ。黒塗りの立派で大きな車。リヨンの市内を通り抜けると建物、ショーウィンドー、あちこちに貼られた素敵なポスター、車、道行く人も皆おしゃれしていて、父はおれに、フランス人はみんな社長さんなんだって言ったっけな」

ワヒーブはサングラスをはずした。突然、険しい表情になって私を見つめる。むっとした顔だったのがしかめ面になった。

「そのあとは、今目の前に見えるこんな建物がずっとずっと続いてた。店のウィンドーもポスターもなかった。タクシーは変なところで停まった。小屋みたいな家がいくつも重なり合って、あちこちに洗濯物が干してあって、うす汚れた子どもらがたくさん、女たちはみんな踝《くるぶし》まである服を着て水汲み場に群がって、男たちはアラビア語で大声で話している、そんなところだった。また発車させるんだろうと思っていたら、父はタクシーからトランクを二つ取り出して、ほら着いたって言ったんだ。ここに住むんだって。どれだけがっかりしたか！　フランスはすごいところってずっと楽しみにしてたのに！　郷《くに》の村とおなじだなんて想像もしてなかったよ」

ワヒーブはサングラスをゆっくりかけ直し、何度もまばたきした。

「もう一つがっかりしたのは、父と顔を合わせるのが日曜のほんの短い時間のほかには、めったにないことだった。どんな仕事をしているのかあまり知らなかったし、会えば会ったで、しっかり勉強しろ、そうすればたぶん社長になれるだろうし、アルジェリアに戻ったらいい職につけるから、と言うだけだった。最初は弟や妹たちにも、おれは同じことを言ってたよ」

ワヒーブはまたやさしい笑みを浮かべて、家族のことを話し出した。

「読み書きができるようになったらすぐ、家の書類は全部、おれが作ることになった。隣りの家のやつだってやってあげた。母の買物も手伝って、そのうち次々に弟が五人、妹が四人生まれて、自分が第二の父親みたいになってしまった。うちの父は子どもに話しかけたりしなかったんだ。子どもどうしでフランス語でしゃべっているのが分かったとき、それも長男のおれが家でフランス語を使っていたのに、父はショックを受けたんだよ。そのことを父は話さなかったけれど、非難がましいその目つきで理解できたね。こんなこともあったな。できるだけ切り詰めた生活をして、やっとのことで中古のシムカ一〇〇〇を買ったんだ。最初の信号でよろよろ走ってくる車と接触して、運転手は半分酔っぱらっていて明らかに交通違反だった。ところが、父が車から出て相手に謝って何度もぺこぺこしていたんだ。おれも出ていって、そっちが悪いって記録書にはちゃんと記してくださいって運転手に言ったよ。父はまだ謝っていて、おれのほうは見ずに、こっちが悪いって記録書に書くんだと命令するんだ。家に帰るまで父はすっかり動転していた。あんなになったのは見たことがなかった。歯を食いしばり顎をひきつらせて、こう言って聞かせたんだ。《分かるかい、おまえは自分ちにいるんじゃないんだぞ、ここじゃ下を向いてなきゃだめだ、口をきくな、ここはおまえんちじゃない、いいか、よそなんだ》」

ワヒーブは肩を落としうなだれて、緊張した面持ちになった。

「家に戻って父はこう言ったよ。こんなに黙って不平も言わずに、仕事ばかりするのは一つの目的しかないからだ、そのためだけに暮らしているんだ、アルジェリアに戻ってちゃんとした家を建てるんだ。こんなに口数が多い父ははじめてだったよ。おれたちは当然郷に戻るものと思って暮らしてきた。ずっと仮り住まいのまま。台所の水道から水が漏れても修理もせず、家具もほとんどなく、段ボール箱を積んだまま、トランクも開けたまま片づけなかった……そうして何年も過ぎた。郷に戻る考えは日に日にうすらいで、そのことを口にすること自体タブーになって誰も言わなくなった。だからといって、こっちに定住する話もしなかった。ある日、思いがけず父の退職の日が来た。突然仕事を失って、糸が切れたマリオネットみたいになってしまった。目的も目じるしも友だちもなく、老いゆく国の移民ってわけさ。自分が役立たずになって、どんなに苦しかっただろう。退職の書類作りをおれが手伝うのも嫌がった。運よく、HLM《アシエレム》に住んでたから、やることを見つけられた。おれたちのアパルトマンを改築することに夢中になったんだ。壁紙なんて三度も変えた！　そんなとき、団地の管理人が父にちょっとした仕事を手伝ってほしいって言ってきたんだ。少しだけれどお金も出すって、でも何より父の腕を頼ったってことなんだ。それでとたんに、そう、六十五歳を過ぎて初めて、将来について、これからすることについて、いろんな計画について話し始めたのさ。このフランスで！　父はここで母や子どもたちと一緒にいることに本当は満足しているんだとわかって、おれはうれしかったよ」

十歳から十四歳くらいの若者の一団が、大声をあげたり言い合いをしながらスタジアムにやってきた。ワヒーブはホイッスルを鳴らし、「ほら、きみたち！」と呼びかけ、何度も「しっ、静かに」と繰り返して注意した。それでもやまないので、スタジアムの芝に座っておとなしくしていなさいと静かな声で言った。すると花束の花がばらばらにほぐれていくように、子どもたちは散らばっていった。私の前には三人の女の子と二人の男の子が微笑みもせず、素っ気ないまなざしで私を眺めている。ほかの十数人はもっと遠くに座ったが、大声で言い合いを始め立ちあがり、もう少し遠くへ座り直してはまた元に戻ってきた。ワヒーブがあからさまに彼らを無視しているので、そうやって注意を引こうとしているらしい。

「ねえ、ヤスミーナ」と私たちの前に座っている女の子の一人にワヒーブが話しかけた。「きみの両親はチュニジア人だったよね？」

「そうよ」と褐色の束ねた髪で顔を隠して少女が答えた。「それで？」

「ええっとね、きみとちょっと話したいって言ってたところなんだ。本当はどう思っているか、きみは自分をチュニジア人だと思う、それともフランス人だと思う？」

「えっ？　チュニジア人にきまってるじゃない！」ヤスミーナはよそよそしいまなざしを私に向けたまま答えた。

「じゃあベスマ、きみは？」見事な巻毛に黒いヘアバンドをした女の子の方を向いてワヒーブは続けた。

「そうね、わたしはフランスで生まれたからフランス国籍なんだけど、でもヤスミーナと同じ、自分はやっぱりチュニジア人よ！」

そう言って身をかがめ、運動靴の靴ひもを入念に結び直し始めた。

「それじゃ、ファリード、きみはベスマの弟だけれど、どう思う？」

「はっきり言って、もしフランスの法律でぼくがフランス人の身分証明書を持つ必要がなくなったり、フランス国籍を持たなくていいって言うなら、自分の国籍のままでいるよ」

「そうね」と、まだ話していない、きれいな顔立ちをした美しい金髪の女の子が叫んだ。「もし自分が仕事を探しに行ったら、移民だからって相手にされないわ」

「でもきみはここで生まれたんだ。きみの国はフランスだよ」とワヒーブがサングラスを鼻のところであげながら、おだやかな声で言い返す。

「でもワヒーブ、大きくなったらぼくがチュニジアに行かないなんて誰も言えない。アメリカに行く奴だってたくさんいるし」と、ファリードが眉間に皺を寄せて反論する。

「わたしはアルジェリアになんて絶対戻らない！」金髪の女の子が言う。「自分が完全にフランス人じゃないことは知っているけど、わたしはここで生まれて、ここにいるのが一番いいわ」

「親がアルジェリアに帰るって言い出したらどうする？」ファリードが強い口調で問いつめた。

「あっちに戻るのは親の問題だわ。わたしは残るわよ！」あまりにも自信たっぷりに答えたので、皆はいっせいに笑った。

ファリードが皮肉たっぷりにけしかけた。

「はいはい、そのとおり！　好きなだけフランス人をやればいいよ！」

二人の応酬にかかわらなかった子たちは誰よりも高らかに笑い声をあげようとし、かん高い叫び声の嵐になったので、ワヒーブはまた「ほら、きみたち！」「しっ、静かに」を何度か繰り返すと騒ぎはおさまった。

「じゃあ、ムラードは？」静かになったところで、まだ話していない青い目の少年にワヒーブが言った。

「ぼくはフランス人のパスポートをもってるけど、自分はアルジェリア人だと思ってる」下を向きながら少年が答えた。そして突然、顎をあげてつけ加えた。「だって、ムスリムだってことをすごく誇りに思うから」

「でも、フランス人でムスリムもありだよ」とワヒーブが声音を高めて叫んだ。一団はヒューヒュー言ってやじったり、われ先に抗議して叫んだり、とりわけ遠くにいて聞こえなかった子どもたちが便乗して騒ぎ立てた。

「でも、ワヒーブ」ファリードが叫ぶ。「結局フランス人ってのは豚肉を食べて、フランスの宗教、キリスト教を信じる奴ってことだよね！」

「そうよ」ヤスミーナも加勢する。「フランス人ってのは十字架をつけてる人のこと。ワヒーブ、知ってる？　首のまわりにつけてるあれよ」

「ぼくたちつけてないから絶対フランス人って思われないよ。それにもっと大きくなったら、ルペン〔フランス極右政党、国民戦線創始者で初代党首。特にムスリム系移民排斥を主唱〕に一発かましてやる。ムスリムはみんな出てけって言ってるんだろ」と、ムラードが怒りのこもった声で言い返す。

「それでも」と、ムラードにはあえて反論せず、ワヒーブが静かな口調で説明する。「きみたちはフランス人のなかでちゃんと暮らして勉強しているじゃないか。きみたちが相手に一歩近づけば、向こうは二歩近づいてくる、お互いの歩み寄りが大事だ。フランス人と結婚するってこともあるだろう、それに……」

あちこちからあがる叫び声ややじでワヒーブの言うことがときどき聞こえなくなる。一瞬静かになったところでワヒーブがゆっくり言葉を続けた。

「おれの名前はワヒーブ。フランス人のコリーヌと結婚した。おれたちには三人の子どもがいる。レミ、オーレリ、それと……ファラー」

ヒューヒューとからかう口笛に憤慨の叫び声がまじる――「げぇー、恥もいいとこ！」「そうだよ、親にどう説明するんだよ！」――こんな言葉がワヒーブの宣言に浴びせられた。少し前からもう我慢できないと待ち構えていた一番奥の数人がわめき叫んだ。取っ組み合いの喧嘩をはじめる少年もいる。ワヒーブが何度もホイッスルを吹くが騒ぎはおさまらない。静かにさせようと子どもたちに近づいていく。ワヒーブがそばに行っても、アラビア語や逆さ言葉《ヴェルラン》〔若者が使う隠語のような俗語表現〕で叫びや罵りが飛び交うままだ。取っ組み合いのきっかけはスクーターの盗難のことで、このうちの一人が何もしていないのに警察に連れて行かれたためだった。少年は「ちくったり」せず、真犯人の名前はばらさなかったので、警察の一室で何度も不当に殴られたおとしまえを相手につけようとしたのだった。仲裁役になるはずのワヒーブがいてもだめだ。次の約束は翌日、中学校の裏ということに決めた。子どもたちの一団は、敵意にみちたまなざしを交わしたり、指を立てたり、手や腕で親愛や侮蔑をあらわす動作をして、ばらばらに帰っていった。

　ファリード、ムラード、ヤスミーナ、ベスマ、そして巻毛にした金髪のきれいな女の子が立ちあがり、ワヒーブに明日も同じ時間に来ると言いながら、よそよそしい挨拶を私にした。寒さと遅い時間にもかかわらず、ワヒーブは紅潮した顔に汗を浮かべ、私のほうに戻って来た。シルバーのホイッスルがストライプのジャージのうえでまた揺れている。

「おれも同じ境遇で育ったから、同じ苦労を知っているよ。でもおれにはまだ目指すべき目標があった。あの子たちには何にもない。父親は失業中、兄弟の二人に一人はエイズにかかって、家のなかで監視されて外に出られない姉妹だっている。クスリは出まわっているし、建物の地下室で吸って、通りの角ごとに売人がいる。おれのできることといえば、青空の下にあるほんの少しの空間を子どもたちに開放してみようってことだけだ」

ワヒーブは疲れ果てた様子で肩を落としたが、すぐにはうまくいかないこの計画をずっと続けたいと彼の目は語っていた。彼はわたしをスタジアムの入口まで連れて行き、団地《シテ》の壁がある方向を見つめ意気揚々とした笑みをうれしそうに浮かべた。

「別の若者グループを受け持って五年になる。十六歳から十七歳の子たちだ。先日、彼らは夕方、みんなで一緒にいたいって言い出した。じゃあレストランを予約しようっておれは言ったんだ。するとぎょっとして《マクド、それともクイック〔ハンバーガーチェーン店〕のこと？》と言うから、《いや、本物のレストランだよ。きみたちは行ったことがないだろう》って答えたよ。するとまた、お決まりの不平の合唱だ。《だめかい？　おれたちは断られるだろうか。追っ払われるか！》。おれは折れずにいた。そしてこう言った。《ちゃんと支度してくるんだぞ。きみたちはもう大きいんだし、自分たちの行動範囲をつくって行くのに、おれみたいな世話役はもういらないんだ。どんどん色んなことを経験していけばいい》」

眉間に皺を寄せた厳しい彼の表情からは苛立ちが読みとれる。

「町のレストランにいくつも電話して、やっと五軒目でマグレブ系フランス人の若者たちが夕食しに来ていいと承諾を得たのさ」

ワヒーブはサングラスを上にあげ、きらきら輝く目で私を見ながら、自信に満ちた声で一気に語った。

「彼らをレストランに連れて行って、おれは少しだけ店主と話しをした。店主は彼らを他の客と変わりなくテーブルに案内したんだ。最初はおどおどしてどんなふうにしていいか分からなかったみたいだ。パンが欲しいとも頼まなかったし。でもカラオケがあるところだったので、店主が是非マイクを握って歌ってよと言ってきたそうだ。彼らの話し方、彼らのスタイルで店の客たちを笑わせたって。店がすごくいい雰囲気になったから、デザートをサービスしてくれた。おれが迎えに行ったとき、まだ帰りたくないって言うんだ。店主は、機会があったらまた来てくれと言ってくれた。たいしたことではないかもしれない。でも、おれたちがこの社会にしっかり加わるための重要な一歩になるんだ」

熱い想いにあふれたワヒーブを目の前にして、私はたいせつな友人と別れるときのように、握手の手をきつく握りしめることしかできなかった。マグレブを出自とするフランス人の若者にとって、彼らを社会に適応させようとするワヒーブのような「大きなお兄さん」の努力は無視できない一つの行程だ。彼らが最終的に属するべき社会を彼らが受け入れ、そして受け入れられていると実感できるようにするために。

ナイーマ――知らぬまの修道院への誘惑

リヨン市のはずれに来ると、何棟もの高層住宅の集合体、「鳥の団地《シテ・デ・ゾワゾー》」が姿を現す。迷彩服を思わせる黄土色、青、紫、緑色の巨大なまだら模様が壁全体に描かれ、怪物じみたカムフラージュをして、そのあいだで道に迷った窓ガラスが白く光っている。目をずっとあげて通りの名を探して、「ヒバリ通り」という標識にぶつかった。残念。探しているのはこの鳥じゃない！ 少しの間さまよって、やっと探していた標識を見つけた。「ムシクイ鳥通り」。建物を塗装したとりどりの色が通りに淡く輝いている。たどり着くべき目標は十四号棟。しかし、その達成感もすぐに萎えた。入口ホールには十人あまりの若者がゆるい輪になって地べたに座り、頭から足元まで私を舐めるように見回したり、冷やかしの口笛を吹いたり笑ったり。

「すみません」と恐る恐る言ってみた。「ナイーマ・Bさんは十二階にいらっしゃるでしょうか？」

下卑た笑いと冷やかしの口笛が激しさを増した。

「おい！……見つけたらおれたちに合図してくれよな」と、そのうちの一人が叫ぶ。

騒ぎはさらに激しくなる。それでも落ち着き払ったふりをして、どうにかエレベーターにたどり着くと、そこには「コショ中」と慣れないフランス語で記した小さな貼り紙があった。綴り間違いに加えて、紙はインクと油の染みで汚れている。さらに赤で「ザケンナヨ」とこれまた間違った綴りで書き足されている。たいしたことない、階段を使っていくから。嘲笑が聞こえるなか、自分でも思ってもいないほどの速さで、灯りのない暗い階段をのぼりはじめた。階を数え数え、へとへとになってようやく十二階までたどり着く。ベルを鳴らしても鳴らないのでドアを何度かノックすると、ナイーマがドアの隙間に現れた。

息切れのあとには驚きが待っている。全体が焦げ茶色で手首のところに黒い刺繍がある、ぎこちないくらいたっぷりしたヒジャブ〔女性の身体を覆うベール〕でナイーマの体はすっぽり覆われていた。髪の生え際からヒジャブの下にある首までを、黒いスカーフでしっかり隠していた。二十代だろうか。明るい表情の整った顔だち、小さな鼻、化粧っけは全くない形のよい唇、黒い眉。全体が醸し出す穏やかな雰囲気が、彼女を内側から輝かせているかのようだ。食堂に入るよう促され、私はテーブルのそばの椅子に座った。静かな足取りで室内を歩くその足は何も履いていない。頭をわずかに肩のほうにかしげ、ごめんなさいねと言って奥に消えて行った。

テーブルの向かい側には、ぴかぴかの取っ手がついた大きすぎるガラス張りの食器棚が壁際に鎮座し、なかにはちがう花模様の二組のコーヒー茶碗セット、それと二枚の写真が雑然と収められている。五十代の男性の一枚はジェラバ〔アラブ人が着用する長袖フード付のゆったりした長衣〕姿、もう一枚は縞の背広姿。棚の一段は、テラコッタだろうかボール紙だろうか、ミニチュアのモスクが占めている。食器棚のうえには、異なる時刻に撮られたメッカの写真。室内にはちょっと変わった香りが漂っている、お香と蜜蝋と饐《す》えた揚げ物が混ざったような匂いだ。ファイアンス陶器を模した大きな掛け時計の音が団地棟の日常のリズムを刻んでいる。子どもの泣き声、詰め込みすぎたダストシュートの何度も繰り返されるパシッという音、動かないのに苛立つかのようにエレベーターを打ちつけるドアの音、疲れきって唸り声をあげる掃除機、オリエンタル風の音楽を流すラジオ、誰かを罵るアラビア語……気づかれないようにそっと、外を見ようと立ち上がり、私はピンクとブルーの花模様が騒々しい白いカーテンを持ちあげた。右も左も正面も、同じ風景、同じ建物、同じパターンの塗装。どれも似通っていて眩暈がするくらいに息苦しくさせる。何とも言いようがない重苦しい不安感が私を締めつける。突然、パタパタいう音がして、私はすばやく椅子に戻った。座ると同時にナイーマが現れた。履いたばかりの飾り房のついた青いスリッパが、パタパタと音を立てたのだ――少なくとも左足のスリッパからで、右足は房がとれて糸しか残っていないのだった。彼女が両手で抱える花模様の盆には、大きなグラスが二つと、黄色ともオレンジ色ともつかない液体を縁のぎりぎりまで入れた透明な水差しがのっている。

「母もじきに戻ってきます」と言って、二つのグラスに飲み物を注ぎ、私に近いほうの一つをほほ笑みながら私に差し出した。そして、少し沈黙し、そのあいだも子どもの泣き声やエレベーターのドアが立てるバタンバタンという音が相変わらず聞こえるが、こうつけ加えた。「父は数カ月前に亡くなりました。父のメッカ巡礼のため、私と一緒にいろいろ準備していたところでした。三十年ものあいだ、父はずっとこの旅を望んでいました。けれど運命は別なものを定めたのです。それで……父の遺体をアルジェリアに送るため、母は大変な思いでやりくりしなくてはならなかったのです」

ため息をつきながら、ナイーマはテーブルの向かい側にあるフリース生地を張った大きな安楽椅子に座った。どっしり座って澄んだまなざしで私をみつめる。

「私はリヨンで生まれました。両親は五〇年代にアルジェリアからやって来ました。二人のことはあまりよく知らないのです、ほんの少しのことしか話してくれませんでしたから。父は工場地帯だったここへ来て、冶金《やきん》工場で工員をしていました。ある日、父の弁当箱を洗おうとして袋を開けたら、ボール紙でできた標識みたいなものがありました。「チューーイ、とらっく出タ」「キケンン」――全部ぎこちないガクガクした字で、それも間違った綴りばかりでした。かわいそうな人でした。今でも憶えています、夜遅く、もう私たちは寝入ったと思ったのでしょう、私たちにできるだけ気づかれないように、咳の発作がおさまる間に、台所のテーブルに座ってたどたどしくフランス語を読む練習をしていました」

ナイーマは食器棚に飾ってある写真に愛情のこもったまなざしを投げかけ、やさしくほほ笑む。

「宗教については断食《ラマダン》と犠牲祭《アイド》をしていました。犠牲祭は子ども時代の一番の思い出です、家族全員が一張羅を着るんですから。父は縞模様の背広を着て、アルジェリア国歌を宗教音楽として聴いていました。年に一度だけ、面長の悲しげな父の顔が晴れやかになる日でした。誇らしげにすっくと立って、レコードを掛けてはまた掛け、自分の威厳をちょっとでも取り戻したかのように何時間も聴いていたのをよく憶えています。犠牲祭とアルジェリア国歌は、私のなかで長いことずっと一緒に結びついていました。母はと言えば、倹約に倹約を重ねてアーモンドの袋や干しぶどうや蜂蜜を買っていました……床に座って、揚げ物の匂いに包まれながら三日間、お菓子を作るのに一生懸命だったのを昨日のことのように憶えています。お菓子はしきたりどおり、子どもの私が近所に配りました」

落ち着き払ったナイーマの声を聞きながら、私は自分の子どもの頃を思い出した。両親が移民として住みついた北フランスの小さな町にいた頃を。当時、その地区では私たちが唯一のマグレブ出身の住民だった。犠牲祭が来ると、私の母は彼女だけにしか分からない気前よく振る舞う寛大さにわくわくしながら、しきたりに従って、故人となった親類の思い出にと近所の人たちに菓子の盆を私に持って行かせるのだった。「お隣りの奥さんに持って行ってちょうだい。そしてムッサー叔父さんからと言うのよ」「うん、母さん」と、まだぎりぎり従順だった十三歳の娘は答える。私は思い出す、ドアのベルを鳴らして、菓子を落とさないようにと盆をしっかり持って身動きせずに立っていると、愛想のない刺すような声が答える。いまだに聞こえる気がする。「誰、ドアを鳴らすのは」「私です、ヤミナ、隣りの家の娘です。ムッサー叔父からだってお菓子を持って行くように母から言われました！」「お母さんに言って。あなたの叔父さんなんて知らないって！」隣りの住人はドア越しにそっけない返答をした。叔父さんはもう死んでいるのだから知っているはずないでしょう、肩をすくめながら私は自分に言った。翌年、同じことを今度は道をはさんだ正面の家で試みる。薔薇の花が咲き誇る庭のある家だった。が、その家もうまくいかなかった。次の年は、やはり同じ受け取り拒否の目に遭った妹と共謀して、遠くの空き地まで行ってそこに犠牲祭のお菓子を埋めたのだった。ナイーマが落ち着きはらった声で身の上話を語るなか、自分の出来事に重ねて思い出し笑いをしてしまう。

「一九八四年、十二歳になったばかりの頃でした」薬指にはめた銀の指輪を何度もまわしながら思い出そうとする。「バカンスで初めてアルジェリアに行きました。そこで、ヒジャブをつけた女の人たちを通りで見たのです。とても美しくて見事だったので、何であういうものを身につけているのか母に訊ねました。あれはアルジェリアで流行っている服だと母は答えました」

この説明に全く満足できないというふうにナイーマは肩をすくめ、それから目を輝かせてメッカの写真にまなざしを向けた。

「フランスに戻って、イスラームとは何かを理解しようと、十八歳になるまで本を読んだり調べ物をしてきました。コーランをちゃんと読むためにアラビア語を習い、モスクに通ってムスリムの女性たちに出会い、服装はどうあるべきか、彼女たちと一緒に議論し考えたのです。そうして、ムスリムの女性がコーランの教えに従おうとするなら、身体を露出してはいけない、身体の線を強調する服を着てはいけないと理解しました。私は、ヒジャブをまとう決心を少しずつしていったのです、それから……」

玄関のドアが開いて、私たちの会話は中断した。フランス式にプリーツスカートに長めのジャケット、疲れた顔をしてヘナで赤く染めた髪をうなじでまとめた女性が現れた。食堂の入口で大きく息をついた。私の質問を先取りして「母です」とナイーマが答える。家に戻ったばかりのこの女性に挨拶をしようと、私は立ち上がった。ナイーマの母は私とごく簡単に抱擁を交わしたあと、片づけものがあるからとふたたび息をつきながら消えて行った。

「ある日」とナイーマが台所の洗いものの音に負けまいと少し声を大きくして、話の続きに戻った。「地下鉄に乗っていました、それで気づかれないように私を見るすべての人をじっと見つめてやりました。それから、たまたま道を歩いていた時のことです、私とすれちがう人をじっと観察していました。そして突然すべてを理解しました。私はムスリムだとあらゆる人に示さなくてはいけない、と。そうやって分かるように示さなければ、彼らには知りうるいかなる手段もないのですから。そういうわけで、その次の日から私はヒジャブを着るようになったのです」

ゆったりしたしぐさで、彼女の全身をすっぽり覆うくすんだ色の重たい服を示して見せた。美しい静かなほほ笑みがナイーマの顔を明るく輝かせる。だが、急に眉をつりあげる。

「もちろん、簡単なことじゃありませんでした。とにかく次の日から、ヒジャブを着て大学に行ったのです。地下鉄で、ある年配の女性が私の正面にやってきて座りました。私はにこやかにほほ笑みました、するとその女性はこう怒鳴ったのです。《国に帰ってよ、汚らわしいアラブ人！仲間のゴキブリと暮らすがいいわ！》。女性の唇は憎しみでひん曲がっていました。そこで私は、できるだけおだやかにこう言いました、私の国はフランスで、この服装は私の信仰のしるし、いかなる国、いかなる姿であれ他者を愛する誓いの証し以外の何ものでもありません。激しさや憎しみなしに普通に反応しようとして気づいたら、その女性はもう車両にはいませんでした。気づかないまま、彼女以外の他の乗客に向けて話していたのです」

自らの信仰を見知らぬ人たちに声高に話したこの時のことを思い出して、ナイーマは両手で顔を覆った。玄関のドアが騒々しく開いて、ジーンズとお揃いのジャケットを着て、竜巻のようなもさもさした巻毛の子が部屋に飛び込んで来た。「妹のサミアです」ナイーマは動じることもなく、つねに落ち着き払って説明する。竜巻頭は私に曖昧な笑みを投げて、玄関にリュックを投げ捨て通路に突進し、何かを落とすと下品な言葉を発し、カセットテープを手に戻ってきて姉に向かって叫んだ。「アタシの部屋はぐっちゃぐちゃ！　でもちゃーんとする時間がないって……じゃっ……あとでネェ！」さよならの挨拶代わりにほほ笑みというよりむしろしかめっ面を私に返し、現れたと同じくらい素早く消えて行った。

「謝らなくてはいけませんね」頬を紅潮させてナイーマが言う。「でも中学校ではみんなああいう話し方なので」

ふたたび、彼女のまなざしは食器棚の写真のほうに向かう。少し沈黙が続いたあと、こう答えた。

「父が一番懸念したのは、目立たないようにすることでした。私はつねに言われました。《ここは自分たちの国じゃない、自分の家じゃないんだ！　フランス人はおれたちを見ている、見張っている、投げとばされるぞ、娘よ、追い出されるぞ。おまえは宗教に関して父親よりよっぽどモノシリだが、おれの言うことをよく聞くんだ。宗教は心のなかにあるもの。家のなかでするんだ。外でするのは恥だ、恥さらし》」

ナイーマは頭を横にふって話し、顔には深い驚きが表れている。

「なぜ父が心配するか、理解できませんでした。問題なんてありません。私はフランス人で、自分の勉強を続けているだけ。挑発なんてしていません。その逆です」

ナイーマは食器棚のほうに頭を上げ、晴朗なそのまなざしはそのなかの写真をずっとみつめていた。

「もちろん、私の普段の生活はそれほど単純ではありません。先週は歯医者に行きました。ヴェールを取らなければ診察しないと言われました。私は平静をたもって説明しました。修道女にかぶり物を取るように命ずる歯科医などいないこと、私の衣服は愛を伝えるしるし以外の何ものでもないことをです。私は虫歯を診てもらえませんでした。でもそう説明した価値はあったはずです」

ナイーマは立ち上がり、いかめしい顔つきでヒジャブのひだを丹念に伸ばして踝《くるぶし》を隠した。敬愛の念をこめて掛け時計の文字盤をみつめると、晴れやかな表情で、禊《みそぎ》をする時間だからと私に説明した。玄関まで私を送り、毅然とした笑みを浮かべて私にこう語った。

「ヴェールをかぶることで私は自分の周囲に愛をもたらす選択をしました。母のようにはならないつもりです、結婚もしない、子どもも産まない。神に、そして私を必要とするすべての人に命を捧げたのですから。週末は学業に問題がある団地《シテ》の子どもたちの助けをして、週日はお年寄りの家事や散歩の補助をしています。家の買物は、さきほどの妹サミアがしてくれます。店には出入りしないようにしています。この前は、団地の子どもたちがずっと後をつけて店の棚の裏に隠れて、私が通り過ぎるとケチャップをかけたんです」

立ち去り際に握手をすると、ナイーマの目には赦《ゆる》しの光が輝いていた。愛と寛容の神の存在を絶対的に信じる者が発する、おだやかな静謐さがにじんでいる。

ゆっくりと十二階分の階段を降りながら、ナイーマがヒジャブをまとうのは誰からも強いられたわけではなかったのだと考えた。彼女のヒジャブ着用は父からも急進的組織からも命じられたのではない。文化の混淆は一人のムスリム女性をカトリックの教義に一体化させてしまうと、生粋のフランス人もマグレブ移民もいったい誰が想像できただろう。それでもナイーマの生き方をみると、彼女の神を冒瀆するのでなければ、修道院で生涯を終えるのではなかろうかと考えざるを得ないのだ。

メリエム——虐げられた人の弁護

弁護士の先生はリヨン中心街、裁判所にほど近い、切り石積みの見事な建物の最上階に住んでいる。同じ建物の二階には、入口の銅のプレートが示すとおり、先生が同僚の女性弁護士三人で共有しているオフィスがある。階段のステップごとに真鍮の横棒で押さえられた赤絨毯が足音を吸い込む。七階までのぼるあいだ、《エリーゼのために》の最初の数小節を誰かが繰り返し練習するのが途切れ途切れに聞こえる。ベルを鳴らすとともにドアが開いた。巻毛をシャープにカットした三十代の若い女性が出迎え、私に歓迎の抱擁をし、つんとすまして直立したまま儀式ばって自分の肩書きを名乗り、それからどっと笑い出した。すぐさま、壁全体を鏡にして実際より広く見える玄関に私を迎え入れる。

「居間に座りましょう」と軽やかな足取りで最初の部屋に私を通す。厚い青色の絨毯に、ベージュの革のソファー一つと肘掛け椅子二つ。そのすぐ隣りに英国スタイルの本棚二台と、同じマホガニーの背の低いテーブル。静物画の額縁がいくつか。窓を飾るのは紺色をしたビロードの二重カーテン。あそこに座って、とソファーを指さし、きっと癖になっているのだろう、思うようにならない巻毛を無意識な動作で両耳の後ろにもっていく。

「コーヒーをもってくるわ。すぐ戻るから」私が予想したとおりにメリエムが大きな声で言った。座る間もなく盆を抱えて戻ってきて、その上には小さなカップ二脚、コトコト音をたてる湯沸かし器、それとインスタントコーヒーの瓶。テーブルに盆を置いて、私の正面の肘掛け椅子に座った。「好きなように淹れてね。私が作ると濃すぎるか、足りないかなの」と単刀直入に言う。

私はコーヒーを淹れながら、こっそりとメリエムを観察する。小さくほっそりした顔、どちらかというと小さいけれどにこやかな黒い目。上背はそれほどなく、クラシックな型のベージュのスーツを着ている。ジャケットはウエストのところで絞り、襟元は青いシルクのスカーフがアクセントになっている。アクセサリー類はつけず、腕時計は男性用の大判で、時々ちらりと覗き込む。

「あなたを待っているあいだ、この職業を選んだ理由をずっと考えていたのよ」とメリエム。唇の両脇に辛辣な皺が浮かび、きらめく瞳にみられた若々しい快活さが一瞬にして消えた。

「一九七四年、母と妹と一緒にアルジェリアからここに来たとき、私は十歳でした。フランスについては何も知らなかった。アルジェリアの田舎から一直線でここに来たから、頭には藁くず、靴には土がついたまま。読み書きもできなかった。団地《シテ》のエレベーターが私たちのアパルトマン、つまり両親と妹と弟と私が住むところだって思っちゃったわ」

ほほ笑みながらメリエムは、右耳の後ろに寄せた巻毛の先を引っ張った。

「何日か経って、私は学校に出会った。クラスの女の子も先生も、皆が皆一生懸命作ったり習ったりすることを私は訳が分からず見ていたわ。先生に質問しようとしたときベルが鳴って、みんな校庭へと出て行きました。私は当然家へ帰るのだと思って校門まで行きました。そしたら先生が私の名前を呼んだの。《メリエム、何してるの！　こっちへ戻りなさい！》。先生はかんかんに怒って私に向かって駆けつけてきました。仰天して目をかっと見開いた先生を見て、私はぶたれるんだと思って腕をあげて頭を隠しました。三年後、第四学年〔中学二年に相当〕職業課程に進んで、裁縫や編み物を習ったわ」

ほほ笑みながらコーヒーカップを取って、ほんの少し唇をつけた。

「ただ本当に楽しかったのはフランス語の授業。読めるようになるとすぐ、社会の不幸や不正を書いた作家をすべて愛読するようになったわ。彼らは何世紀も前からずっと、この私、メリエムを理解してくれるように思えたの。とは言っても、ゆくゆくは自動車修理工場なんかで働くことになる学校の課程は終えなくちゃいけなかったはず。そこに、運命をひっくり返す思いもよらない出来事が起こったの……」

メリエムは気をつかってカップを置くが、それでも中のコーヒーが数滴、テーブルの燻《いぶ》しガラスに飛びはねた。

「ある日の午後、学校から戻って食事の支度をやっと終えて、弟のまだ終わらない宿題を手伝おうとしていました。ソーシャルワーカーのおばさんがドアをノックしました。私は家のなかまで通しました。提出書類や支払のことでしょっちゅうセンターに行っていたから、私のことはよく知っていたの。おばさんは、説明したいことがあるから母を呼んでって言いました。母は妊娠していて、もうじきお産する頃だったわ。《マダム、あなたのご主人に仕事を辞めてアパルトマンを出るように、そしてアルジェリアへ戻るお金を出すという知らせがもうじき来ます。でもこれを承諾してはだめ》。彼女が言うことを順々に通訳していきました。すると母は絶望のまなざしでおばさんをみつめ、私にアラビア語でこう言ったの。《でも一体私たちに何をしてほしいの?》。まもなくして、母は疲れきって部屋に戻ってしまいました」

刺々しい皺が二筋、また唇の両端に現れた。

「母が去っても、おばさんはしばらく居残り、政府は移民労働者に国に戻ってほしいこと、それは〈帰国奨励〉と呼ばれ、侮辱でありひどい不正であること、共産党はこの制度に断固反対していること、私の父は何があってもサインしてはならないことを私に説明しました。その夜、いつもよりこけた頬をした父が帰ってきたとき、母はまだ泣きっぱなしでしたが、ソーシャルワーカーの訪問があったこと、ストレリュという人の政府には気をつけなくてはいけないことを私は話し出しました。父は私の頭の上にある壁をずっとみつめたきりで、何度か深いため息をつきました。肩をぐったり落として、でも何も言いませんでした。次の日、弟が学校から帰ってきて、自由作文が宿題に出たと言いました。《何かいい考えない？》と、ガムをくちゃくちゃ噛みながら、思いっきり絶望的な声で頼み込んできました。台所の脇には積み重なった皿の山が私を待っていたけれど、作文のテーマは自然と出てきたような気がしました。それで弟の宿題の手伝いをしたの。まだよく憶えているわ。詩みたいなテキストよ。〈おまえは移民〉っていう題にしたの」
しばらく沈黙があって、心の昂《たかぶ》りが溢れる声でメリエムは暗誦した。

おまえは移民
国境を越え
貧窮を逃れようと
陽の光あふれる土地を捨て
家族や友とも別れ

組立ラインでは一番の働き者
工事現場でもやはり一番
皆がおまえを軽蔑のまなざしで見る
そうやって始まった
移民のおまえの人生が……
美《うま》し国フランスはいま、おまえを否定する
おまえの人生などもう要らない
おまえが発った場所に戻そうとする
おまえは移民
一万フラン、それがおまえの値段
いまのおまえはそれっぽっちの値打ち……

次の日、この作文を私はフランス語の先生のところへ持っていきました。先生は声を出して読みました。クラス全員がほめてくれて、授業の後、先生の助けを借りて、作文を内閣のリオネル・ストレリュに送ったんです」
メリエムは立ち上がり、私を激しいくらいにじっと見た。

「その時以来、私は父を以前と同じ目で見られなくなりました。フランスの政治は父たちの勇気を利用したのです。読み書きもできない単なる農民が草分けとなって海を渡り、国を離れ、家族と一緒になる前には見知らぬ国でたった一人で、そんなことをするにはものすごい勇気が必要だったはず。二十年も自分の人生を捧げた挙げ句、一万フランぽっきりの施しで、来たところにただただ送り返されるなんて思いもしなかったでしょう」

メリエムは話を中断し、目を輝かせた。

「人としての尊厳を打ち砕き、五百フラン札数枚で屈辱的に「値踏み」されたにもかかわらず、父からはその後何も言ってはきませんでした。父の苦悩をどれほど分かっているか、伝える手だてがなかったので、私はあの詩を父に読んで聞かせ、フランス政府に送ったことも伝えました。自信満々に背筋を伸ばし、頬を紅潮させ、父の評決を待ちました。《ああ、何てことをしてくれたんだ。警察がおれをつかまえに来るぞ。何てことをしでかした》。屈辱に続くこの恐怖の念、自分が犠牲者であるのに、その取り乱したまなざし、私はそれを何年も経った今でもはっきり憶えています。父は帰国奨励にサインはしませんでしたし、警察も来ませんでした。ストレリュ氏の返事も来ませんでした」

メリエムは小さな両手をスカートのうえでぎゅっと握りしめていた。

「その夜、いつもの夜と同じように洗い物と掃除をして、家族が寝静まったあと一人で台所のテーブルに座って決心したのよ。弱い者の味方になるって、犠牲者を擁護し、不正を告発するって。いつか弁護士になるんだって」

寒かったのだろう、首の小さな絹のスカーフをきつく結びなおした。

「その頃、母はお産間近で、洗濯ものはすべて私の仕事、病院に出す書類を提出して、流し台は詰まるし、妹はインフルエンザにかかったばかり、鍋を火にかけたことを忘れて煮込みは焦げ臭くなるし、とにかくてんてこ舞いで、試験でよく出る、べつべつの時間に出発した二台の列車がある時点で交差するっていう問題が私は全く理解できなかったけれど、私はやっと追いついて正規の大学課程に進むことができたのよ。つまり、秘書の教育修了証のあと、高校《リセ》の課程をやりなおしたの。猛烈に勉強して、しまくって、洗濯と買物と保護者会と食事の支度と哺乳とおむつ交換の合間に勉強して、技術バカロレアG1〔経営管理技術部門〕に一発で合格したのよ」

メリエムは短く爪を切った自分の両手を眺めた。

「ある朝大学で、仲間の一人が憔悴した顔で目に隈をつくってやって来たわ。そして、私も入っていた小さなグループの面々にこう言ったの。《この頃、気分がすっきりしないの。試験が近づいてるからかしら、ダイエットのせいかしら。何か鬱っぽいの》。突然、この言葉の重みを意識したわ。山ほどすべきことがあって修羅場を生きている私に、〈鬱〉なんていう言葉に意味があるのかって。だってこれは、自分のことを考えられる余裕があって、自分をかわいそうだと感じられる人のためのものじゃない？　西欧社会に生きる女性の専有物でしょう？」

　彼女はつつましい笑みを浮かべた。

「おそらく、私たち移民の第三、第四世代が〈鬱〉という言葉を〈統合〉の時代遅れの贅沢品として使うのね。私の娘が先日、何て言ったか知ってる？」と感慨深げにつけ加えた。「《ママン、私にお話ししてくれたことおぼえてる？　私とおなじ歳に何をしてたかって。お誕生日に買ってくれた本とおなじお話みたいよ。お願い、ママンが子どもだったときのかわいそうな女の子のお話をして》」

　メリエムは醒めた悲しげな笑みをかすかに浮かべ、私を玄関まで見送ってくれたが、悲観的にならないように自分をしむけると、自然とそんなほほ笑みになってしまうのだろう。

ワルダ――ブールの行進

ワルダのアパルトマンはリヨン中心街の賑やかな通り、古い建物の四階にある。時代遅れの小さなエレベーターは、私が乗ったと同時に板張りの扉が背中をパタンと押して閉まり、ゆっくりと昇っていく。ワルダは私を抱き寄せ熱く歓迎し、広々した室内に私を案内した。天井の梁の暗い色とオーク材の家具の明るい色がコントラストをなしている。アイボリーの色調でつやつや光る練習用のピアノ、アメリカンスタイルのバーカウンター、日がさんさんと射し込む十分明るい室内に点灯されたハロゲンランプ……テーブルのうえには、水仙のブーケが大きな銅製のプレートの真ん中に置かれ輝くばかりだ。バーカウンターには、水差し、オレンジジュースの瓶、大きなグラスが二つ、フルーツの盛り合わせがすでに用意されている。

ワルダはすらりと背が高い四十代の女性。率直そうな美しい顔立ちで、黒い目のまわりにコール墨《ずみ》をわずかに差しただけで化粧はしていない。ウェーブのある髪で頭がふんわりふくらんでいるが、首の辺りで短くカットされている。青いアンゴラのVネックセーターが、彼女の褐色の肌を強調している。マリンブルーのタイトスカートから膝が少し覗いている。

「バーに並んで座りましょう、好きなものを飲んでね！」と私に叫び、歌うようなその声は南西部訛りを微かに残している……

座ると、ピアノに面した大きな鏡が私の目を釘付けにする。いぶかしく思ってよく見ると、鏡には青い服の少女が映っているが背中しか見えない。隣室の勉強机に静かに座り、机の下で足が規則正しく揺れている。私がやって来ても、特にどうということもないらしい。身をかがめて一生懸命何か書いている。電話の鳴る音が玄関に響く。女の子は反応しない。ワルダが急いで駆けつける。

「だめ！　絶対だめ！」突如苛立ってワルダが叫ぶ。「そんなことさせちゃだめ！　猫をとりあげたら、アイシャは死んじゃうから！　分かった、私にまかせて！　またあとでね！」

自分でも気づかないうちにワルダの声のトーンはあがっているが、鏡に映る女の子は微動だにしない。

「イラつくときはマザメ〔仏南西部タルヌ県の町〕訛りになるの」と笑いながらワルダが教えてくれる。

しとやかな手つきで蜜柑を二つ取って皮を剥き、一つを私に差し出し、もう一つは自分が食べ始めた。柑橘の酸っぱい匂いがカウンターに漂う……

「一九六七年、アルジェリアからマザメに母と一緒にやって来ました」そして続ける。「父はもう十年も前からそこにいたのよ。祖父が私たちを見張って、水道も電気もないど田舎のあばら屋で暮らしていたの。母は家に閉じ込められていて外出はほとんどしない。金曜のお風呂の日だけは例外で、叔母と従姉妹たちと一緒にみんなで伝統的なヴェール、ハイク〔アラブ女性が服の上から全身を包む布〕をまとって行くの。私は週一回だけあるこの外出が大好きだったわ、浴室にある独特の雰囲気、笑いやはずんだ声をふんわり包む重たい湿気、祖父の家に帰る前、風呂上がりに飲むミントティーの苦くて甘い味。とある金曜日、従兄弟が小型トラックに乗って、母と私を迎えに来ました。母は出かける支度にものすごく時間がかかって。あばら屋の戸口に母が現れたとき、本当にショックだったわ。芥子色のスカート、これまた真っ黄色のノースリーブのブラウス、髪をシニョンにまとめて、足元はハイヒール……母の肌が、首、腕、踝《くるぶし》が昼日中、公衆の面前にさらされるのが恥ずかしくてなりませんでした……フランス行きの飛行機よりも、そのことをよく憶えています……」

ワルダはグラスにオレンジジュースを注ぎ、ゆっくり飲み干した。

「着いた翌日から、父は役割をふりました。母は家のなか、私は買物。そうやって私は家と外の連絡係になったの。あら！　むずかしいことじゃなくて、村の食料品屋やパン屋に行くくらいよ、ときには薬屋にもね……それに社会保障の手続きも……一番最初は私の鼻がようやく窓口に届くくらいだったわ！　つま先立ちしなきゃならなかった、そして担当者にこう言うの。《お願いします、マダム。書類です。弟が生まれたんです》。すると担当のおばさんが立ち上がって、私の腕をつかんでこう言うのよ。《おやまっ！　すごいね、この娘っ子は！》。それから両方のほっぺに大きなキスをして、片方の手にキャラメルを握らせてくれたのよ！　少しずつ食料品屋のお気に入りにもなって、果物はいつも多めにくれたし、パン屋ではガムをもらったわ。連絡係っていう役割がだんだん好きになり始めたの。私はただでは絶対引きさがったりしない！」

ワルダは身を屈めて鏡を覗き込み、首にかかった髪を直した。

「父はずっと働いていたわ、土曜も日曜も。ときどき家の外で父に出くわすことがあったけれど、別人みたいだった。訛りを強くして、誰かの冗談に笑って、人一倍大声で自分も冗談を言って、皆からは《モモ》って呼ばれていた……あの人たちは父がモハメドという名前だって知っていたかしら。でも、誰も私たちの家のなかには来なかった……ときどき、近所の人たちをまねて、家族を連れてピクニックに行くの。出かける時だけはお祭り気分だったわ。母がすっかり準備して、森のなかに行くの、誰も行かない、とても入れそうにない場所、茨が生い茂る実際の戦闘訓練地みたいなところ。誰か知り合いの家族と一緒になるのは絶対避けたかったの。ある日、私が十六歳のことだったわ、父がいつもより早く、心配そうな顔をして帰ってきました。新しく来る社長から前任者の退任祝いに夫人同伴で招待されたと父は言いました……」

ワルダは額にかかる巻毛を何度も手で払った。

「父は続けました。《けれど、どうしたらいいんだ。工場の全員が招待されている。どうしたらいい？》。母はいつもどおり、何も言わず父の身の回りの整理をしていました。突然、私に目を止めて《おまえが一緒に来るんだ！》と叫び、私を指さしたのです。

問題が解決して、父の顔はふたたびおだやかになりました。土曜の夜、私はまずバスに乗り、父とは離れて座りました。それから道を歩き、大股で歩く父を追いかけて宴会場に入ると、そこには夫婦のカップルしかいませんでした。私は頭を下げて小さくなり、父の後ろに隠れていました……皆が父をいたずらっぽくからかって、結局は私を紹介することになるんだけれど。《ちがうよ！　妻じゃない！　一番うえの娘さ》。《それならモモ、娘さんをおれたちに隠すなよ。それにしても何てかわいらしい！　だから外に出さないんだな》って。私は会場の注目の的でした。奇妙な笑い声もありました。私はどこに身を置けばいいか分からなくなって、父に目を向けました。すると彼の額に大粒の汗が光っているのに気づきました。その時、社長が父にシャンパンを入れるよう言ったの。私のすぐそばに社長がきた時、冗談はいっそう激しくなりました。《さあモモ、お嬢さんについであげて。一気に飲むんだ！　飲み干さなきゃ！》。私のグラスにシャンパンを注ぐ父の手は震えていました。父に向かって叫びたかった。《何でこの人たちに言わないの、私たちはムスリムでお酒を飲んじゃいけないんでしょう？》って。父の困窮したまなざしを見ました。どうすればよいか決められない父の目は涙でうるんで光り、それは今にも頬をつたっていきそうでした。父の狼狽は私の困惑と同じくらい強烈だったはずです……あの時のことは絶対忘れません……」

ワルダは立ち上がって鏡の前に行き、額の髪の毛を直したり涙をぬぐっているらしかった。こちらに戻って座り直す。

「次の年、私たち一家はリヨン近郊の団地《シテ》、マンゲット〔一九八一年七月、団地の若者と警察の大規模な衝突があった地区〕で暮らすことになりました。そこはマザメとちがって、マグレブ人の家族しかいなかったの。私はリセの授業以外にも、文化活動を企画するアルジェリア人友好会主催のアラビア語の授業も取っていました。日曜は友好会の集会に参加して、アルジェリアの社会主義の展開について議論するのを聞いていました。バカロレアを取得したらアルジェの大学に登録して、その後は自分の国に戻ってずっと暮らすつもりでした。ありのままの自分を受け入れ、道を開き、二つの文化に引き裂かれて暮らす父の苦しみをなくすには、そうするしかないと思えたんです。実際、そうしてみました。アルジェの叔母のところに行って新学期の準備をして、学生寮に部屋を借りました。最初はしなくてはならない仕事の多さが最大の気がかりでした。一人で暮らすのは初めてだったのよ。それからだんだん、不安で胸が苦しくなり出して、それがずっと止みませんでした。寮では礼拝の呼びかけがあったし、学生の出入りが監視されていました。授業が終わって教室を出るときに、私に向けられた侮辱を何度も耳にしました。コンスタンチーヌ〔アルジェリア北東部の都市〕の大学では、二人の女子学生が背中を出していたからといって硫酸をかけられたって聞きました。仲間数人と結託して、原理主義者の攻撃に抗議するデモをしようと決めました。けれど、恐怖がそれを上回り、結局そのままおとなしくしていました。できる限りのことをして一年目を終えたけれど、次の年はやめたんです。向こうでは自分が外国人に思えて、フランスが懐かしくなったのです。リヨンに戻る決心をしました」

　ワルダは肩を少し落とし、カウンターの縁を苛立たしげに指でずっと叩いていた。

「父は私を歓迎しませんでした。私を避け、素っ気ない返事しかしませんでした。フランスに戻ったことでいろんな問題が出てきてしまったのでしょう、外出、交友関係、学業、結婚。父のまなざしが言わんとする懸念は、本を読むように読みとれました。そんな時、団地の若者の面倒を見る活動に関わり始めたのです。週末にはボランティアで勉強の手助けをして、私はアラビア語も話せたので、親たちや書類のこともサポートしました。団地の若者と警察のあいだには絶えず衝突があって、そのたびに私は呼び出されたの。私は団地の大きなお姉さん、大きな娘になっていたのよ……」

いったん中断して身を起こし、声を高くして続けた。

「一九八三年のある夜、誰かが私を呼びに来ました。マグレブ出身の子どもが夜警の犬に噛まれ、犬の飼い主である夜警が十九歳の青年トゥミ・ジャジャ〔「ブールの行進」のリーダーの一人〕に発砲したと……私は病院に見舞に行き、それからドゥロルム神父のもとでハンストを始めた移民の若者を支援することにしました。初めこのストは、団地の若者と警察権力のあいだでしょっちゅう起こる暴行を終わらせようと、悲痛な嘆きから生まれた行動でした。ドゥロルム神父は私たちに言いました。《人種差別と外国人排斥に抗して闘うために、いつかマグレブの若者たちは、合衆国でマーティン・ルーサー・キングがしたような平和的行進を組織できるようにならなくては》」

　このように回想するワルダのまなざしには、果敢な決意が溢れていた。

「絶望の表明としてのハンストは、少しずつ活動的な闘争へと変わっていきました。ここから、行進をするという考え、あの〈ブールの行進〉が生まれたのです。あれこそは、民族間の友愛をめざして、万人のための平等と自由への激しい希求を正々堂々と表明したいすべての若者による、果てしない抗議の叫びだったのです。ここ、共和国フランスでですよ。自由、平等、博愛。市役所の正面にはこの三つの象徴的言葉が刻まれているでしょう……父に行進の計画を話したら、おまえなんか知らない、と激しく否定されました。《何も分かってないんだな！　何の足しにもなりゃしない、フランス人はおまえらのことは絶対好きにならないんだ。あいつらのようにも絶対なれないんだ。分からないのか！》。私は何も答えませんでした。突然、理解したのです、父はこれまでずっと騙されていたんじゃないいって。何十年もできるだけフランス人のふりをして、目立たないようにしていたのよ。深い悲しみの念で父をみつめました。そして決心したの、マルセイユからパリをめざす、五十人あまりの若い男女の小さなグループに加わることを。私たちの目的はエリゼ宮まで行って、ミッテラン大統領に要求書を直接手わたすことでした……」

ワルダの顔が静かな自信で輝いた。

「行進が進むにつれ、ネットワークが作られていきました。村でも町でも、私たちは歓迎され、食事や寝る場所を提供してもらいました。さまざまな違いを受け入れる、深く寛大な歓待精神に溢れるフランスを発見したのです。マルセイユのたった五十人による行進は、町から町へと進むごとに列に加わる若者が増え、何百人、それから何千人に膨れあがったのです。一日に四十キロから五十キロ歩きました、雨が降っても寒くても……どこでも同じ筋書で進んで行きました。町の入口に着くと、私たちを待っている人たちがいて、彼らと合流して一緒に町を通り抜けて行きます。時には記者会見も受けました。そして夜は討論やパーティー……暴力も憎しみもありませんでした。私たちを晴ればれした足取りでエリゼ宮へと導いたのは、平和主義的な驚くべき昂揚感です……ある夜、マルセイユを出発したひと月後に、ハビブ・グリムジというアルジェリアの旅行者の青年が、外人部隊見習兵によってボルドー＝ヴァンテミリア間の列車から突き落とされて死亡するというニュースを知りました。恐ろしく耐え難いこの殺人を知って、行進者それぞれを襲う苦しみと恐怖、怒りと憎しみをどうやって鎮めることができたでしょう？　その日はすべてが崩れ落ちそうになりました……フランスの半分を歩いて私たちの平和的行進を続けてきたのだから、ここで屈してはいけない。そして私たちは屈しませんでした。エリゼ宮の階段に到着したのです。マルセイユを五十人で出発して、エリゼ宮の入口では何万人にもなっていたのです。十二月三日、フランソワ・ミッテラン共和国大統領が行進の代表団を迎え、四十五分の面会をしました……私たちは疲労困憊していましたが、勝利したのです。私たちが生きていること、父たちのように影の存在になるのを拒否したことを世間に示したのです。滞在許可証の有効期限を五年から十年へと延長、国外追放手続の見直し、生粋のフランス人にしか許可されなかった結社《アソシアシオン》の権利を獲得しました……」

ワルダは神経質そうに額に手をやり、すぐ同じ場所に戻ってしまう巻毛を何度も後ろに払う。

「行進が終わってしばらくのあいだ、他にも何か回答があることを願っていました。ほかの何千の仲間と同様、この力の結集は束の間の輝きではなく、ずっと効力をもってほしいと思ったのです。それから私は学業はやめて、ソーシャルワーカーの免許を取ることにしました。今は、マグレブ出身の高齢者の世話をしています、特に施設外で暮らしている一人住まいの女性です。恐ろしいケースを目にします、アイシャもそう、さっき電話で話していたでしょう。彼女は三十年前にフランスに来て、夫は去年亡くなったのです。二人の息子は国外追放でアルジェリアに強制送還。二人のうちどちらも彼女の面倒を見る経済的な余裕がありません。アイシャはその日暮らしで、猫だけが話し相手。家主はどんな手段を使ってでも追い出そうとしているのよ。今、彼女の一番の心配事は、アルジェリアに遺体を送還してもらうのに必要な年会費を、友好会に払う余裕もないっていうこと。私が世話するマグレブ人のお年寄りの退職者で《この国で死にたい！》とはっきり言う人はいないわ。でも、自分のお墓をどうするか、私に訊ねる人がちらほら出てきています。《私に何か起こったら、ねえワルダ、私の身体がメッカの方角を向くように、ちゃんと横たえてほしい！》って」

日が翳《かげ》ってきて、そろそろ暇乞いをしようとしたとき、鏡に映った女の子がいなくなっているのに気づいた。ちょうどそのとき、背後から足音が聞こえ振り向くと、青い服が目に入り、少女が近づいてきた。私のところにやって来て、紙をふりかざしながら頭をあげた。ダウン症独特の顔つきだ。言葉をかけようとし、私に紙を差し出すが、唸るような音しか出てこない。

「姉のゾフラよ。私たちがアルジェリアを離れたとき、母が叔母の家にあずけてきたの」と、ワルダがやさしい声で言いながら、ワルダのスカートに身をすり寄せるゾフラの髪を撫でている。「ここに来てからまだあまり経ってないの。アルジェリアからここに呼び寄せるのに、すごく苦労したのよ。その紙をもらってあげて、あなたのために〈書いた〉のだから」

私は目を涙でいっぱいにして建物を出てきた。ゾフラのくれた紙を見る。不揃いで、形が皆ちがう赤、青、緑の何百という描線でいっぱいだった。けれど、同じ数だけの小さな太陽のように、どれもが光り輝いていた……

いついかなるときにも励ましてくれたフィリップ・デュピュイ＝マンデルに。
辛抱強く尽くしてくれたミシェル・ミラノに。

訳者あとがき

本書は Yamina Benguigui, *Mémoires d'immigrés: L'héritage maghrébin*, Paris, Albin Michel, 1997 の全訳である。

著者名と表題から、戦後フランスの北アフリカ移民をテーマにした同題のドキュメンタリー映画を想起された方も多いかもしれない。その映画を撮ったヤミナ・ベンギギが本書の著者である。映画と同じ三部構成で内容も重複する場合があるが、映画とは異なる構成をとって、マグレブにルーツをもつ人たちの個々の物語を〈読む〉テキストにしている。始めに映画『移民の記憶』ありきだが、本書は映像作品をなぞる活字版やシナリオではなく、映画とは別個の、テキストとして自律した文学とも呼ぶべき作品をなしている。シネアスト（映画監督、プロデューサー）として経歴を積んできた、アルジェリアにルーツをもつ移民第二世代フランス人女性の書籍を、あえてマグレブ現代文学を集成するこの叢書の一冊として紹介したい。

映画『移民の記憶』

ベンギギの名を世に知らしめた、ドキュメンタリー映画『移民の記憶』は、一九九七年五月、「父たち」「母たち」「子どもたち」の各部がカナル・プリュス局でテレビ放映され大きな反響を呼び、翌年二月に三部を一つにまとめて劇場公開された。ベンギギの両親と同世代の「父たち」「母たち」、そして自分が属する次世代の「子どもたち」の歴史を、インタビューと過去の映像でたどってゆく一五六分に及ぶ長編大作である。話題になってから、フランス各地で監督立会いのもとに二百回にも及ぶ上映会が開催され、上映後には必ず、観客との活発な意見交換の討論会がもたれたという。監督との単なる質疑応答の場に終わらず、マグレブを含め他国からの移民の人たち、そして移民のことをほとんど知らない人も、自分の体験や感想を語りたいと次々にマイクを握り合う場になったそうだ。そのほかにも、監督宛に届く自分の身の上話を綴った手紙が後を絶たなかったという。海外でも評価され、フランス国内外で複数の賞を受賞した映画である。公開から二十年以上経った今、フランスのマグレブ移民の歴史を参照する資料として古典となった感がある。

戦後フランス移民史は、かつて支配−非支配の関係にあった旧植民地、モロッコ、アルジェリア、チュニジアなどマグレブと呼ばれる北アフリカ諸国からの移民労働者とその家族の移住史に大きく重なる。なかでもアルジェリアは、一九六二年までフランスの県として統治されていたため容易な手続きですみ、圧倒的な数の人々が海をわたった。「栄光の三十年」と呼ばれる、自動車産業を中心とする戦後の高度経済成長期を支える安価な労働力として、単身で海をわたり非人間的な住環境のなかで働いてきた父たち。七〇年代のオイルショック後に家族合流政策によって夫のもとに呼び寄せられ、自国の伝統を維持しながらフランス社会に溶け込む努力をしてきた母たち。幼少時に母と海をわたったか、あるいはフランスで生まれ、「危険な郊外」とレッテル貼りされる大都市周縁の巨大集合住宅で成長し、二つの文化のどちらをも十全に享受することのない子どもたち――おそらく、彼ら三代の歴史はこう要約されるだろう。この映画の最大の功績は、大河ドラマにも比する長大な三部作をとおして、これまで暗部にあった半世紀の詳細を当事者自らの言葉であぶり出したことにある。「マグレブの遺産」の副題をもつ本作は、二十世紀終わりまで可視化されずに散在していたマグレブ移民の記憶と歴史を、当事者たちの生の言葉で初めて集合的に編んだ記念碑的映画である。

加えて、フランス側の移民受け入れ事業に関わった行政関係者や研究者へのインタビュー、当時の報道ニュースなどの映像、そしてマグレブ移民がラジオやレコード、後にはカセットで聴いた当時の流行歌がふんだんに使われ、証言、映像、音楽の複合的な年代記になっている。各部はナレーションなしで、数名の当事者たちのインタビューをメインに進行していくが、フランス側の証言、当時の画像・映像が絶えず挿入され、映像に音楽が重なり、観る者はきわめて個人的な物語の場に居合わせつつ、フランスとマグレブを対峙させてつなぎながら過去に遡る重層的な時間の流れのなかに身を置く経験をする。

公開時の一九九〇年代とは、移民排斥を主張する極右政党の国民戦線が支持率を伸ばし、移民受け入れ抑制を強化、非正規移民を排除するパスクワ法、ドブレ法が相次いで施行された時代である。一九八九年秋、パリ郊外の公立中学校に端を発したイスラーム式スカーフ問題がフランス中の世論を長年にわたって賑わした時期であり、本作品テレビ放映時の一九九七年には、翌年、自国開催されたサッカーワールドカップでフランスが優勝し、「ブラック・ブラン・ブール」（ブラック＝黒、ブラン＝仏語で白、ブール＝「アラブ」の逆さ言葉による俗語。三色旗をもじってフランスの民族構成を謳う）の標語のもとに、たとえ一時的な盛り上がりとしても、民族と文化の多様性が共存するフランス像が喧伝されていくとは誰も予想しなかったにちがいない。移民嫌悪、イスラーム嫌悪の風潮が高まりつつある中で、これまで沈黙を守り自らの生を語ることのなかったマグレブ出身移民第一世代の父が、母が、初めて自らの言葉で自分の来歴を語った映画である。沈黙する父母の記憶を浮上させ、欠落した彼らの歴史を埋めて初めて、彼らとその子どもたちが自分の「歴史」をもった者としてフランス社会の一員となりうるのだから。

映画は日本でも二〇〇七年に自主上映のかたちで紹介され話題になり、その後も外国人移民労働者とそのホスト国定住の問題を考える際に参照されている。二〇〇七年一月に東京外国語大学で行なわれた上映会とシンポジウムの記録、そしてシナリオが、『四分儀《クヴァドランテ》——地域・文化・位置のための総合雑誌』(*Quadrante*) 通巻九号(二〇〇七年三月刊)に掲載されている。DVD日本語版『移民の記憶——マグレブの遺産』(ビデオプレス刊)も発売されている。菊池恵介氏、西山雄二氏、森千香子氏による字幕作成の労のおかげで、本作品を日本語で鑑賞することができる。また、季刊『前夜』九号(二〇〇六年秋)ではベンギギ監督の貴重なインタビュー記事を掲載している(聞き手・訳:菊池恵介「「移民の記憶」——マグレブ移民のルーツを辿って」)。

ヤミナ・ベンギギ——人と作品

ヤミナ・ベンギギは一九五五年(一九五七年とする資料もある)、アルジェリア出身の両親の長女として北仏の工業都市リールで生まれた。両親はカビリー地方のベジャイヤから一九五四年に渡仏し、ベンギギを頭に六人の兄弟姉妹がいる。戦後フランスにおけるマグレブ移民労働者の多くは、当時フランスの県になっていたアルジェリア出身、それも、固有の文化と言語をもつ先住民族ベルベル人(自由人を意味する「アマジグ人」という呼称も使われる)が居住するカビリー地方出身の男性が主流をなしていた。ベンギギの父の渡仏は多くのマグレブ移民がそうである労働目的ではなく、アルジェリア独立をめざす運動組織MNA（アルジェリア民族運動）の活動家として、北仏のアルジェリア人労働者を監視、組織することであった。

一九五〇年代、対仏闘争の指導者メッサリ・ハジ率いるMNAは、武装蜂起した対抗組織FLN（アルジェリア民族解放戦線）と激しく対立し、フランス国内でも血で血を洗う抗争が絶えなかった。本書では「アフメド・ブーラス」「ゾフラ」「ファトゥマとアフメド」の章で、その一端が窺える。FLNは武装路線を展開して独立闘争を掌握し、独立後の政権を握った。アルジェリア戦争（一九五四年―六二年）は、地中海対岸アルジェリアだけではなく、フランス国内もその戦場になったこと、活動家の娘ベンギギは戦争のさなかに生まれ、多感な十代をその影響下、とりわけ独立運動に身を投じた父の生き方に翻弄されて成長したことに言及する必要があろう。多くの在仏アルジェリア人同様、独立を果たした祖国に帰るのがベンギギの両親の希望であったが、帰国はFLNの圧力に阻まれ、やむなくフランスに留まった。父は根っからの政治的人間であり、宗教的には敬虔なムスリムでもあった。アルジェリア建国に燃え、フランスには十分警戒しつつ祖国に奉仕すべく子らに社会主義を叩き込み、娘にはフランス国籍を捨ててアルジェリア国籍を取得させ（後にフランス国籍を再取得する）、マグレブの慣習を疑うことなく、アルジェリア出身男性との結婚を娘の知らぬ間に決めてしまった。ベンギギは結婚式当日に家出し、以来父とは会っていない。その後、アルジェリア系ユダヤ人男性と結婚してベンギギ姓を名のるが、その後離婚している。ひじょうにドラマチックなマグレブ移民二世の娘時代、青春時代だが、父との決裂、その支配から逃れるための出奔は、マグレブ移民家庭の娘の身に起こる「ありふれた話」だそうだ（『リベラシオン』紙、一九九九年二月九日、ラファエル・ガリゴスの記事より）。

強制的にアルジェリアに目を向けさせられて成長したベンギギは、父が子らに夢みるアルジェリアと今ここで生きるフランスとの間で引き裂かれつつも、フランスこそが自分の生きる場所と理解し始める。これは多くの移民第二世代に共通する経験だろう。家で読書したりものを書いたりするなか、外出が許されていた町のシネクラブで観た、エリア・カザン監督『アメリカ、アメリカ』（一九六三年）に衝撃を受け、映画の道を決定的にする。カザン自身の体験を重ねた、トルコからアメリカ合衆国への移民を夢みるギリシャ人青年の物語である。

撮影現場での助監督を経て、一九八五年、同じアルジェリア系映画監督ラシード・ブシャレブとプロダクション《Raya films》を設立。音楽ドキュメンタリーやプロモーションビデオ、テレビ局の番組制作に携わる。一九九二年、映像プロダクション《Bandits》に参加。一九九四年、長編第一作『イスラームの女たち』を撮る。公立校でのイスラーム式スカーフの是非がフランスの世論を二分するなか、フランスはじめ世界各国のムスリム女性に二年にわたってインタビューし、イスラーム圏の女性の困難や奮闘のさまをつぶさに描くドキュメンタリーである。『移民の記憶』と同じ三部構成で、テレビ放映用番組として撮られたこと、九百名を越えるという膨大な数のムスリム女性との接触をもとにした、モンタージュ形式で綴られるドキュメンタリーであることは『移民の記憶』と共通し、この長編第一作が以降のベンギギ作品の基調を作ったと言ってよい。

一九九七年、テレビ放映後の発言から、『イスラームの女たち』制作時に接したマグレブ出身の母たちとの会話が次作『移民の記憶』を用意したことが窺える。

その前の映画『イスラームの女たち』から『移民の記憶』を撮りたいと思ったのです。すでにマグレブの母たちに会っていました。ムスリムであることについて彼女たちに質問したのですが、みんな、フランスに着いた頃の話をしました。それは私の来歴に近づけてくれるものだったのです。私の母も彼女たちと同様の状況で渡仏しましたが、それについて何も話してくれませんでした。辛い経験だったのです。フランスは私たちの国ではなかった、でもそのことは黙っていないと！　私の両親は私たちに彼らの記憶を何も残さないである日死んでしまうかもしれない。苦悩、沈黙——私たちに伝えられたのはそれだけでした。

（『ル・モンド』紙一九九七年五月二五日、カトリーヌ・アンブロとのインタビュー）

自らと同じルーツをもつマグレブ移民の記憶をたどるベンギギの旅は、『移民の記憶』だけでは終わらない。二〇〇一年、四作目となるドラマ『インシャーアッラー日曜日』を劇場公開する。一九七〇年代、家族合流政策によってアルジェリアから夫のもとに渡仏した女性を主人公にしたフィクションだが、それまでインタビューした多くのマグレブ出身女性たちの話から浮かび上がる、彼女たちに共通する物語、そしてベンギギ自身の母の物語が、主人公ズイーナに託して繰り広げられる。前述した二作とともに、これら三作は連続性と自律性をもった、マグレブにルーツをもつ〈私たち〉の記憶を映像にとどめようとする三部作となっている。

以下に、映画監督としての主要作品を挙げておく。

『イスラームの女たち』（*Femmes d'Islam*）　一九九四年（ドキュメンタリー、各五二分の三部作：マリ、インドネシア、フランス、エジプト、アルジェリア諸国のムスリム女性が自らを語る）

『移民の記憶——マグレブの遺産』（*Mémoires d'immigrés, l'héritage maghrébin*）　一九九七年（ドキュメンタリー、各五二分の三部作：マグレブからのフランスへの移民の歴史を父－母－子の立場からたどる）

『芳しき庭』（*Le Jardin parfumé*）　二〇〇〇年（ドキュメンタリー、五二分：十五世紀アラ

ビア語の性典の題を冠した、アラブ・ムスリム社会におけるセクシャリティを女性の側から見る）
『インシャーアッラー日曜日』（*Inch'Allah dimanche*）　二〇〇一年（フィクション、九八分：一九七〇年代の家族合流政策によって渡仏したアルジェリア女性の奮闘記）
『アイシャ、モハメド、シャイブ――フランスのための志願兵』（*Aïcha, Mohamed, Chaïb… Engagés pour la France*）　二〇〇三年（ドキュメンタリー、五二分：フランス軍に加入したマグレブ系若者の文化的アイデンティティを探る）
『ガラスの天井』（*Le Plafond de verres*）　二〇〇四年（ドキュメンタリー、五五分：移民出自の若者の就職差別）
『9―3ある行政地区の記憶』（*9-3, mémoire d'un territoire*）　二〇〇八年（ドキュメンタリー、九〇分：県番号93セーヌ＝サン＝ドニ県の小史。二〇〇五年パリ郊外で起こった移民系若者の暴動を機に、〈荒れる郊外〉の歴史を一八五〇年から現在までたどる）
『アイシャ』（四話）（*Aïcha*）　二〇〇九年、二〇一一年、二〇一二年（シリーズテレビドラマ、各九〇分：France2で放映。パリ郊外ボビニーに住むアルジェリア移民二世の娘アイシャが、ムスリムの伝統的価値観をもった父の重圧や社会的差別をかわし、数々の騒動を経てフランス人の恋人と結ばれるコメディタッチのドラマ）

『メトロ、バス、RER——公共交通機関と人生の物語』（*Métro, Bus, RER, etc... Histoires de vies en commun*）二〇一〇年（ドキュメンタリー、五二分：パリとその近郊の交通手段であるメトロ、バス、RERの利用者と運転手へのインタビュー。さまざまな人生のドラマと人の出会いを語る）

『イスラームの女たち』『移民の記憶』『インシャーアッラー日曜日』は映画と同じ題でそれぞれテキスト版が刊行されている。今回訳出した本書は、このテキスト版である。これら〈マグレブ移民〉三部作は、映画人としてのみならず、ジャーナリズム、政治の世界で活動するベンギギの出発点であり、常に立ち戻るべき原点であろう。映像作家、プロデューサーとして商業的な仕事も多数手がけているが、以降の作品はドキュメンタリーにせよドラマにせよ、フランスにおけるマグレブ移民第二世代がぶつかる問題——差別、文化的衝突、就職、郊外、イスラーム、セクシャリティなど——をつねに自らの手法で社会に向けて発信している。ベンギギスタイルというものがあるのだ。

たとえば、二〇〇五年秋、パリ郊外、クリシー・スー・ボワを発端にフランス全土を巻き込んだ郊外の若者の暴動をきっかけに、〈荒れる郊外〉の代表的地区、セーヌ＝サン＝ドニをテーマにした『9－3 ある行政地区の記憶』を見てみよう。ドキュメンタリーとドラマのちがいがあると断らなくてはいけないが、フランス〈郊外映画〉の嚆矢にして代表作、マチュー・カソヴィッツの『憎しみ』(一九九五年)と較べてみるとよい。インタビューで集めた証言を基底に、二〇〇五年の暴動の映像を時おり使えども、「パリの裏庭」として十九世紀後半から工場地帯であったこの地帯が、いかに旧植民地からの労働者を呼び集めて急造された巨大集合団地に彼らを押し込め、そして脱工業化の時代を迎えていったかをたどっていく。アルジェリアの女性シンガーソングライター、スアド・マッシの哀愁を帯びた弾き語りをメインミュージックにして、ここにはラップもレゲエもない。移民というマイノリティに押しつけられた社会と政策の矛盾を告発しつつ、ステレオタイプの「郊外」のイメージから限りなく遠ざかる。

『移民の記憶』の成功以降、ベンギギはマグレブ系移民第二世代のオピニオンリーダーとして頻繁にマスメディアに登場する。そして、父から譲り受けたであろう政治的な気質ゆえか、意欲的に政治に関わっていく。二〇〇八年五月から二〇一二年六月まで社会党ベルトラン・ドラノエ、パリ市長の助役(人権擁護と差別に反対する闘い担当)、二〇一二年六月から二〇一四年三月までフランソワ・オランド政権下で外務大臣付フランス語圏担当大臣を務めた。任期中の功績として、世界中どこからでもインターネットで学べるフランス語学習ウェブサイト(Parlons français, c'est facile !)を開設したことがあげられる。しかし、二〇一四年、公人の公開すべき資産の隠蔽を問われ、この追及に抗するも役職を去った。

「アーティストにとっていかなる表現方法であれ、あらゆる芸術的行為は政治的行為です」と言明するベンギギにとって、映画は自己表現の手段と同時に、社会に向けて政治的メッセージを発する手段でもあった。社会の隠れた部分の矛盾に光を当てる映画の性格からして、政治に接近するのは必然だろう。現在は、「アフリカのためのエネルギー」副会長、「フランス語圏女性の世界フォーラム協会」会長、「ヨーロッパのためのロベール・シューマン協会」会長を務めている。

本来の映画作品に目を転じると、二〇一二年のテレビドラマ『アイシャ』の第四話を最後に制作が途切れている。二〇一八年秋に、アルジェリア出自の父をもつイザベル・アジャーニが主演する映画『姉妹』(*Sœurs*)がアルジェで撮影されたと聞く。ベンギギ映画のファンとして、『移民の記憶』に比する彼女らしいテーマの長編を早く観たいと願う。

『移民の記憶』――映画からテキストへ

映画『移民の記憶』は二年以上の聞き取り作業と、半年をかけて六百時間分のフィルムを編集する必要があったという。膨大な数のインタビューをもとにしてできあがった映画と呼ぶのは簡単だが、面識のない人々につてをたどって接触し、承諾を得てからようやく始まるインタビューである。撮影に至るまでの過程は並大抵ではなかったにちがいない。時間をかけて相手との信頼関係を作らねば始まらない。聞き取りと同時に、相手に自分のプロジェクトを十分説明し、理解してもらったとベンギギは述べている。

インタビューに応じてくれても、人に知られたくない、見られたくないと撮影を断られるケースもあった。特に母親世代の女性は外部に顔を出すことには大きな抵抗があり、故郷で親戚に見られないか、粉飾された自分になるのではないかと躊躇することが多かったそうだ。夫婦の場合は別々に聞き取りを行なった。単身で経験した父たちの貶められた辛い身の上話、これまで誰にも語らなかった人生を、妻が聞くのを回避するためだ。さらに、父たちにとって、自分の子どもと同世代で、かつ女性であるベンギギに来歴を語るのは勇気のいることだった。いざ撮影が始まると、なぜ前に言ったことを繰り返さなくてはいけないのかと抗議されることもあったという。撮影には大型カメラが入り、リール交換のため本来だったら十分毎に「カット！」の指示が入るが、撮影チームはそれも控えた。そのような根気と相互理解が必要な作業を重ねながら、マグレブ移民の記憶に光を当てて人間の尊厳を取り戻させ、それを社会に伝えることが自らの役割だと強く認識していったにちがいない。「両親たちの記憶に光を当てること、それは一生私について回ってくることで、それに対して責任を感じています」と明言するとおり、ベンギギは自分の映画作りを「記憶の義務」と呼んでいる。

聞き取った親世代の記憶を社会に知らしめるという仕事は、映画という作品のうちだけにとどまらない。記憶を共有し、また別の言葉を引き出す討論会が上映後にしばしば開催されたことは前述したが、活字として読まれる本を刊行したのも、「記憶の義務」を果たすためであろう。映画第一作『イスラームの女たち』、第四作の『インシャーアラー日曜日』でも、映画とは別構成のテキストを刊行している。映画『移民の記憶』は、断片的な無数の証言や映像からマグレブ移民の集合的記憶が浮かびあがるとしばしば評されるが、この映画監督が活字で刻もうとするのは、映像では語り得なかった一人一人がもつ唯一の物語である。著者の繊細な視点から、全十四章で言及される十六名の人生が捉えられ、それぞれの身の上話が一篇の物語のように読める。映画に登場した者も何名かいる。ルポルタージュというより、十四の物語を集めた短編集に限りなく近いノンフィクションとも呼ぶべきか。インタビューした個人の人生に敬意を表するように、それぞれの人生を物語に仕立てていく。

その叙述スタイルはバルザック的と言ってよい。指定された場所にベンギギが一人で訪れるという設定で始まり、迷いながらたどり着くまでの周辺の風景を描写し、初めて会う人物の容姿、服装、話し方、しぐさを微細に観察し、舞台となるインタビューの場所——多くが自宅である——を事細かに記して、その人が語る物語の場へと我々読み手も、ベンギギと一緒に入っていく。ただ、ベンギギは登場人物に生を与えて行動させるバルザックではない。聞き役に徹することで、彼ら、彼女らの人生の立会人、物語の証人となる。ベンギギは相手から言葉を引き出すが、ベンギギが自らを語る場面はごく稀だ。そしてカメラの目のように入念に観察し、束の間出会う相手の人生の細部をできるだけ共有しようとする。そして、悲惨な苦労話をメインに進行するものの、聞き手であり著者であるベンギギは、くじけずに現実と向き合うそれぞれの話者を温かく見守ろうとする。

『移民の記憶』の延長上にある『インシャーアッラー日曜日』、そして後のテレビドラマ『アイシャ』ではベンギギが優れたストーリーテラーであることも証明している。この二作では生きることに前向きな姿勢とユーモアが印象的だ。本書では、それぞれが語る些細だけれどドラマチックな逸話や、ベンギギが遭遇する予想外の展開が、映画とはちがうテキストゆえの魅力になっている。たとえば、市長補佐となった娘の三色綬に涙して触れるファトゥマの夫アフメドや、ゾフラの少しずれたカツラ、急死するジャミラとその意思に反した故郷での埋葬、男性に囲まれて暮らすムンシが一生懸命に粘土で造る大きなペニス付き人形、ムスリムであることを隠し、上司に酒を勧められて狼狽するワルダの父、そして最後に登場するワルダの姉など……また、映画ではほとんど触れられなかったアルジェリア戦争（映画では一九五八年にルネ・ヴォーチエが撮った貴重な短編映画『炎のアルジェリア』*L'Algérie en flammes* のシーンがわずかに入る）に伴うフランスでの抗争、一九六一年十月十七日夜にパリで起きた平和的デモに参加したマグレブ人虐殺事件、第一次、第二次大戦のアルジェリア人兵士の従軍についても、何人かが語っていることにも注目したい。

また、全体を一つの長編物語としても読める。各部はベンギギが概観する小史で始まり、その流れに沿って年代順に章が進むようにもみえる。テキスト版は、戦後フランスの産業発展を象徴するセガン島のルノー工場跡から始まって、「ブール」と呼ばれる第二世代が自分たちの存在を社会にアピールした「平等を求め人種差別に反対する行進」に言及して終わる。ルノー工場閉鎖は一九九二年、ブールの行進は一九八三年の出来事というように、「父たち」「母たち」「子どもたち」と順を追って線状の時間をたどっているように見えて、二世代の生きた時間は重なり合っている。父や母が娘や息子の話題に長く時間を割いたり、子どもが父親の孤独や悲惨、母親の苦労を語る場面は実に多い。

三部構成の本書は、ベンギギ自身が属する移民第二世代の「子どもたち」の部が一番長い。口を閉ざす親世代が生きた時間を甦生させて記録することは、ベンギギ自身が属する「子どもたち」世代の仕事であった。著者は序文の最後をこう結ぶ――「この本はフランスにおけるマグレブ移民のただなかを旅した私の記録である。父たちの、母たちの、子どもたちの物語／歴史であり、私の父、私の母、そして「私」の物語／歴史にほかならない」と。また、ベンギギは自身のモットーとして「記憶をもたず自分の歴史を知らずにいると、歴史が分からなくなってしまう」と繰り返している。フランスで生まれ育った子どもたちが、フランスを自分の生きる場所と自覚するためには、そこで生きた親たちの記憶を受け継ぎ、フランスの歴史のなかに書き込まれなければ成り立たない。『移民の記憶』という作品は、マグレブ移民第二世代以降が今生きる場所にしっかり帰属し、さらにつけ加えるなら、侮蔑的に「移民《イミグレ》」ともはや呼ばれなくするために撮られ、書かれたのだ。

埋葬や墓について、とりわけ母たちが繰り返し話題にしている点も興味深い。映画もまた、フランスのムスリム用墓地のシーンで終わっていた。「シバニ」（アルジェリア方言アラビア語で「白髪頭」を意味し、転じて退職後もフランスに残ったマグレブ人退職者を指す）となって独身寮に留まるハムーはどこで最期を迎えるかと自問して、故郷モロッコとフランスの「おそらく真ん中だろう」とうそぶく。郷《くに》ではなくフランスに埋葬されるのを希望する親世代が出てきたと、最後の章でソーシャルワーカーとして働くワルダはさりげなく言及するが、どこに帰属するか、どこで自分は本当に生きたかという証しとして、永眠の地となる墓は、この作品の象徴的場所になっている。

しかし、死ぬ場所ではなく、マグレブ移民が暮らした「生きる」場所＝住居をたどることは、そのまま戦後マグレブ移民の歴史をたどることと、訳者はつくづく思う。荒れて危険な「郊外」の問題を回避している、という批判が映画に対してあった。ナイマの住む集合住宅のホールにたむろして、冷やかしの言葉を浴びせる若者たちのような、「郊外」が喚起するステレオタイプ像の人たちにはインタビューできなかっただろう。ナンテール育ち、歌手で詩人のムンシは、刑務所で中世の泥棒詩人ヴィヨンを知って文学に目覚める前は、いわゆるワルの不良だったのだろうか。「大きなお兄さん」ワヒーブが住むヴォー・アン・ヴランは、まさにその荒れた郊外である。

そう指摘するまでもなく、本書の話者たちは例外なく、居住する者を人間としてカウントしない社会の余白であり続ける「郊外」の、あるいは大都市ど真ん中のゲットーとも呼びうる悲惨な住まいについて語っている。単身で海を渡った父たちが押し込められたにわか仕立ての寝床部屋、呼び寄せられた一家が暮らす掘建て小屋のスラム街《ビドンヴィル》、「居住」への待機状態を十数年余儀なくされる仮住まい団地《シテ・ド・トランジット》、そして大都市郊外の孤島として林立するＨＬＭ《アシエレム》。それぞれの苦労話は、時に恨み節に聞こえるが、聞き手ベンギギはセンチメンタルなムードで終わらせず、前を向く人へ応援の声をかけるのを忘れない。

それにしても、本書が刊行された一九九七年から、すでに二十年以上が経つ。証言者たちは年月を重ねた今、どこでどのように暮らしているのだろう。「ブール」と呼ばれた第二世代の次の世代、そしてそれに続く世代が今日、フランスでフランス人として暮らしている。マグレブ系住民に対するフランス社会の視線も、よい意味でも悪い意味でも、二十年の時間の流れのなかで大きく変化している。

たとえば、サッカーワールドカップで優勝した一九九八年と二〇一八年のナショナルチームに対する眼差し。一九九八年には、当時の国民戦線党首ジャン＝マリー・ルペンが「移民は国歌ラ・マルセイエーズを知らないので歌えない」と、自国の民族的混成チームを揶揄したが、二〇一八年には外国にルーツをもつ選手がフランスを構成していることが、当然のこととして受けとめられている。一九九八年の優勝は、フランスにおける移民の歴史を記録する必要性を本格化したと言われている。その具体的実現例の一つに、二〇〇七年に国立移民史シテの名で設立され、二〇一四年に正式に開館した国立移民史博物館があげられる。一九九七年のベンギギの映画の成功は、まちがいなくこの風潮を先取りし、後押しした。

一方、前述した二〇〇五年秋にフランス全土を席巻した若者の暴動は、移民の出自をもつ者を社会からさらに疎外させた。一九八〇年代の「ブールの行進」が訴えたマグレブ移民第二世代の夢は打ち砕かれたと言ってよい。それ以前に二〇〇一年のニューヨーク同時多発テロは、ムスリムであることが社会に恐怖をもたらすと誤解させていった。二〇一五年には一月と十一月にパリで、フランス生まれのマグレブ系の若者が実行犯となる大規模なテロが起きて、以降テロ行為が頻発する。その度に、マグレブ出自の若者にテロリスト予備軍のスティグマを刻み、彼らを社会からいっそう孤立させている。

＊

訳者が本書に出会ったのは、振り返ると刊行直後の一九九八年か九九年である。フランス語のマグレブ現代小説をいろいろ読むうちに、マグレブ諸国からではなくフランスから発信する「ブール」の作家の小説があること、植民地化されたマグレブ三国のなかでもアルジェリアが際立って長く深い関係をフランスと結び、戦後フランスのマグレブ移民は大多数がアルジェリア出身ということを知っていった。それらを調べながら、偶然この本にたどりついたと記憶する。ともかく、映像より先にテキストに出会った。各部冒頭の歴史を概観した頁が分かりやすくコンパクトにまとめられ、証言をもとにした物語の数々に、何か壮大な展望の気配さえ感じた。それからヤミナ・ベンギギという女性の本とＤＶＤを入手できるものはすべて見て、読んでいった。自分語りが特徴的な「ブール」の作家とは別次元のスケールの大きさを感じると同時に、書籍『移民の記憶』は文学作品としてじっくり読まれるべきではないか、いつか翻訳したいと思うようになっていった。

そう考え始めてから、なかなか取りかかる機会と余裕がなく、延ばし延ばしに二十年が経ってしまった。現在、フランス在住のアルジェリア人、アルジェリア系フランス人にベンギギはどうかと尋ねると、政治に野心を燃やしすぎたからか、出しゃばりだから嫌い、映画は素晴らしかったけれど、と答えが返ってくる。ベンギギを知らない若い人もいる。それでもなお、『移民の記憶』は、映画とともに、戦後マグレブ移民の歴史や証言を知るうえで最初にアプローチすべき必須のテキストと確信している。

長いこと繰り返し読んできたテキストだが、いざ翻訳を始めると、名前の読み方、ときどき入るアラビア語やカビリー語などの表記や意味につまずいた。在仏アルジェリア人の友人たちに多くを助けてもらったことに感謝したい。また、翻訳の一部を『中東現代文学選二〇一六』に掲載したときに、正則アラビア語読みをご教示くださった岡真理さんにもお世話になった。しかし、複数の人から一つに定まらない読み方を聞くうちに、原文のフランス語読みが一番しっくりきて変えたものもある。また、ベンギギはこの本をすごい勢いで一気に書きあげたのでは、と推察する。年号や名称の間違いと思しき箇所にときどき遭遇した。明らかな誤記は訂正したが、そのまま残したものもある。また、勉強不足ゆえの訳者自身の間違いもあるのではと思う。ご指摘頂ければ幸いである。

叢書《エル・アトラス》の一冊として本書を刊行できたのは、日本マグレブ文学研究会の各メンバーの熱意と努力に負うところが多い。また、中東現代文学研究会では上記の部分翻訳掲載のほかにも、ベンギギについて発表する機会を得た。お礼を申し上げる。そして、多忙なスケジュールのなか、わざわざ時間を作って『移民の記憶』を熱心に語ってくださったヤミナ・ベンギギご本人にも感謝したい。水声社編集部の井戸亮さんには、叢書起ち上げから本書の刊行まで、根気よく丁寧に伴走していただいた。深く感謝を申し上げる。

二〇一九年七月

石川清子

＊　本書は、科学研究費補助金基盤研究（C）「移民・郊外・記憶――女性作家から考察するフランス語マグレブ文学」（17K02597）の成果の一部です。

著者／訳者について——

ヤミナ・ベンギギ（Yamina Benguigui）　一九五五年、北仏リール生まれ。両親はアルジェリア人。映画監督、作家。外務大臣付フランス語圏担当大臣、パリ市助役を歴任後、現在は〈ヨーロッパのためのロベール・シューマン協会〉会長。主な監督作品に、『イスラームの女たち』（ドキュメンタリー、一九九四年）、『インシャーアッラー日曜日』（ドラマ、二〇〇一年）、『ガラスの天井』（ドキュメンタリー、二〇〇四年）、『9－3ある行政地区の記憶』（ドキュメンタリー、二〇〇八年）、『アイシャ』（テレビドラマ、二〇〇九～一二年）などがある。

*

石川清子（いしかわきよこ）　千葉県生まれ。ニューヨーク市立大学大学院博士課程修了。博士（フランス語・フランス文学）。現在、静岡文化芸術大学教授。専攻、現代フランス文学、フランス語圏マグレブ文学。主な著書に、*Paris dans quatre textes narratifs du surréalisme* (L'Harmattan, 1998)、主な訳書に、ベン・ジェルーン『不在者の祈り』（国書刊行会、一九九八年）、ジェバール『愛、ファンタジア』（みすず書房、二〇一一年）、クノー『イカロスの飛行』（水声社、二〇一二年）などがある。

Cet ouvrage a bénéficié du soutien des Programmes d'aide à la publication de l'Institut français.
本書は、アンスティチュ・フランセ・パリ本部の出版助成プログラムの助成を受けています。

移民の記憶　マグレブの遺産

二〇一九年八月三〇日第一版第一刷印刷　二〇一九年九月一〇日第一版第一刷発行

著者——ヤミナ・ベンギギ
訳者——石川清子
装幀者——宗利淳一
発行者——鈴木宏
発行所——株式会社水声社
東京都文京区小石川二—七—五　郵便番号一一二—〇〇〇二
電話〇三—三八一八—六〇四〇　FAX〇三—三八一八—二四三七
［**編集部**］横浜市港北区新吉田東一—七七—一七　郵便番号二二三—〇〇五八
電話〇四五—七一七—五三五六　FAX〇四五—七一七—五三五七
郵便振替〇〇一八〇—四—六五四一〇〇
URL : http://www.suiseisha.net

印刷・製本——モリモト印刷

ISBN978-4-8010-0244-9

叢書 エル・アトラス

貧者の息子　ムルド・フェラウン／青柳悦子訳　二八〇〇円
部族の誇り　ラシード・ミムニ／下境真由美訳　二五〇〇円
大きな家　モアメド・ディブ／茨木博史訳　（近刊）
もうひとつの『異邦人』　カメル・ダーウド／鵜戸聡訳　二〇〇〇円
移民の記憶　ヤミナ・ベンギギ／石川清子訳　二五〇〇円
ドイツ人の村　ブーアレーム・サンサール／青柳悦子訳　（近刊）

［価格税別］